笭菁作品48
鬼簿II
驅魔師
笭菁

目錄

CONTENTS

異遊鬼簿II：驅魔師

楔子

惜風總是有意無意瞥著日曆，牆上的日曆素淨一片，但事實上在她眼裡，某個日期上面畫了一個大圈，她沒敢說而已。

把錢包鑰匙都扔進包包裡後，她嘆了口氣，白煙輕裊。

「我要走了。」她冷冷的說。

『嗯。』身邊傳來聲音，緊接著是頰畔的輕撫。『妳還是在跟我作對嗎？』

「不要碰我！」她厭惡的打掉撫著她臉龐的冰冷，卻又轉瞬間被箝握住手腕，直直往牆上撞去！

砰！惜風咬著牙，整個人被壓上了牆，眼前的黑影逐漸現身，依然是看不見面貌的影子。

『妳不該反抗我。』

「我到地獄都會反抗你！我永遠不會屬於你！」惜風直視著斗篷罩裡的黑洞，「你無權主宰我的人生，我也不是你的寵物！」

『妳沒有反抗我的權力，我是神，妳只是人，我要的寵物自然屬於我。』冰冷的骨手箝住她下顎，『妳放心，終有一天，妳會求我把妳當成寵物的。』

「神也會痴人說夢嗎？」惜風冷冷的別過頭，她不在乎惹毛死神。反正橫豎一死，她不貪求苟活。

『人類總是太天真，自以為能反抗神祇。』死神的手突然鬆了，『時間快到了，沒有人躲得掉。』

惜風輕撫冰冷透骨的頸子，她早已什麼都不在乎了。

在賀濔焱轉身離她而去之後，她就不需要在意任何事了！

「我打工要遲到了。」她直起身子往門外走去。

『惜風，我要離開一陣子。』

空氣中，傳來她一心期盼的話語！

就是這個！惜風壓抑內心的狂喜，一年一度的日子終於來臨了！

她回首，淡淡的挑了眉。「七天？」

『嗯，我得離境去開會，七天。』祂的聲音並不喜悅，『妳不要想試圖逃離，妳該知道就算逃到天涯海角，我也能找到妳。』

「我不做白費力氣的事。」惜風打開門，「但我希望你能調離台灣，離我越遠越好。」

她離開，甩上門，門在屋內發出砰的響聲，伴隨著低沉的咯咯笑聲。

死神現身在惜風的窗台上，窗台上有一株生得茂盛的鈴蘭，祂不去觸碰，翠綠的植物便不會凋零。

祂知道這盆鈴蘭是誰送的，也明白惜風的改變是為了什麼。

祂喜歡這個改變，因為惜風變得更加讓人喜愛，更具有擁有跟搶奪的價值。

望著樓下疾步走出的女人，惜風倏而回首向自己的窗子看，她感受得到視線，知道死神正望著她。

她的命運早在八歲那年就已經決定了，母親死亡的那晚，她差點被母親的同居人殺掉，因此遇上了死神，天真的她向死神求救，從此走上了不歸路！

死神說喜歡她，宣告了她是祂的所有物，等到她最美的那一刻，祂將帶她離開人世。

所謂最美的一刻，便是指她被愛情灌溉之際，死神將在那一刻帶走她……只是帶去哪兒？她從來不懂，問了也沒有結果，就這樣一年過一年，形單影隻的度過……當然，身邊絕對有死神陪伴。

以敵意迎視，她哼的別過了頭，筆直朝打工的方向走去。

身上的背袋中鑽出一隻小貓的頭，閃爍著銀藍色的俄羅斯藍貓喵了聲，也望著窗台上輕笑不止的死神。

『喵大會喔？』

「嗯，每年有七天，各地死神必須去參加死神大會！算是年度總檢討！」惜風已經轉了彎，遠離了宿舍。「祂會徹底不在七天！」

『喵每次都無聊！大會不可以帶喵去。』小萌怨懟的說著，像是抱怨俄羅斯死神。

「七天的自由呢！」惜風把背包改揹到前面，袋口朝前打開。「小萌，前面！」袋子裡一陣蠕動，小萌改成由前頭鑽了出來。

「我們這七天可以做點什麼吧？」她喜出望外的上了公車，「第一件事，我要去辭職。」

『喵……』小萌歪了歪頭，『喵覺得怪。』

「我的身邊，哪件事不是怪事？」她輕輕笑著，找了前頭的座位要坐下。

沙。

熟悉的結晶石落地聲傳來，她愕然的往剛離位的乘客望去，一個男人，每走一步身上就掉出了一堆結晶，名為「死意」的結晶體。

那是死神給她的能力之一，將死之人身上會掉出「死意」，以欲自殺的人結晶體最大，以死亡決心的大小決定結晶大小……死神特愛搜集死意，當成飾品或是珍藏。

惜風立即彎身查看地上的結晶，小萌也跳出袋子，帶著紅色的死意在地上閃閃發光，甚至閃爍著一抹惡意——這是殺人？

最後一刻，在公車門關起來之前，惜風放棄座位衝出後門，眼尾追著剛剛下車的那男人背影望著。

『喵別多事！』

「那是蓄意殺人的死意！」她緊張的攤開掌心，面紙上包裹了一堆紅石榴色石子。

喵真厲害。小萌暗自咕噥，都什麼時候了，還記得要拾撿死意，而且也記得不能任由手直接觸碰死意。

人類不能徒手拾撿，否則死意會被拾撿者的「生」所融解，這就是惜風為什麼隨身攜帶鑷子與盒子的原因。

男人過了六線道馬路，惜風也追在後頭，上班時間人潮眾多，惜風閃閃躲躲，只能勉強抓住男人的背影殘影……等過了馬路，她失去男人蹤影，立即低首尋找死意。

人行道上有一大顆紅石，她立刻隨手抓起，確定方向後往前直追。

『喵！』小萌忽然叫了一聲，惜風寒毛都豎了起來！

砰——

「呀——」刺耳的尖叫聲跟撞擊的巨響同時傳來，驚恐的大吼聲不絕於耳，惜風只看見從巷子裡突然衝出的車子，還有在巷口尖叫的圍觀人群！

她追上前去，幾個目擊者被嚇得臉色蒼白，正掩面哭泣，剛剛那個男人已經在車輪底下，混著紅血的死意漫了出來。

她往左方的巷子瞧去，這巷子是個斜坡，再往卡車裡望去，裡頭空無一人。

「啊害，該不會是手煞車沒有拉吧？」後頭有人在竊竊私語。

「喂！後面還有卡人！大家快點把他拉出來！」惜風沒看見的另一頭有人正在大喊著。

惡意殺人，不惜犧牲其他路人的生命，就是為了要殺死這個男人嗎？

她緊握雙手，不可思議。

『第……二……個。』

咦？幽冥晦暗的聲音，再度有氣無力的傳來。

惜風瞬時左顧右盼，這聲音她認得！是去年打工時，有一個邋遢大叔從大樓頂往下跳後，傳出的聲音！

那個人叔是第一個！這個是……第二個？

這究竟是怎麼回事？

「喵！」小萌忽然有些興奮的往後衝去，惜風回身望去，訝異的瞪大雙眼。

「小萌！」一身豔黃的葛宇雪衝了過來，抱起小萌朝惜風大力揮手。「哈囉！看我帶誰來了？」

站在小雪身後的，是一身黑衣的同學：游智禔。

第一章

故友

前後算起來，大概有兩個多月不見游智禔了。

再次見到他，卻令人有一種「脫胎換骨」之感，並不是不認得這個人，而是感覺截然不同。

他們移到就近的咖啡廳去談話，一人叫了一杯咖啡，小雪還順便吃早餐，惜風很好奇的是：小雪明明已經在上班了，為什麼還能在這裡晃？

「神父？」惜風錯愕的唸著這個跟她實在搭不上邊的名詞。

「嗯，我決定要去念神學院了。」游智禔過去焦躁輕浮的面容不再，現在是一派安穩慈祥。

有種一夕之間成長許多的感覺。

「你好奇怪，為什麼會突然休學，又想去念神學院？」惜風對於這樣的變化措手不及，問班上每個同學可能都會有一樣的看法！

「我是外婆養大的，她生病後，我不能這麼自私的繼續念下去，但回去照顧她……還是沒辦法治好她。」游智禔重重嘆了口氣，「她過世後，我在家附近遇上傳教者，只能說神給了我力量，所以我就休學了。」

這樣講她就懂了。

她們都知道游智禔身世孤苦，從小父母就意外身亡，由外婆一手含辛茹苦的帶大，對外婆的感謝自是不在話下；在痛失親人的時刻，恰好接觸到傳教士，宗教撫慰人心的力量安慰了他，這才幫助他從悲傷中走了出來。

惜風不太懂宗教，事實上對人生被死神掌控已經很不高興的她，實在對這些宗教無法有太多好感；但是她尊重游智禔的選擇，甚至很高興有一股力量能支撐他重新站起，變得更加穩重。

「那也不錯啦！只是你跟我在俄羅斯看的時候差好多！」小雪咬著吸管，又打量了他一次。「你現在變得有光芒了，超級成熟的。」

「是嗎？那大概是之前太幼稚了吧？」游智禔淺淺笑著，沒有注意自己引來的目光。

游智禔原本就算是顯眼的男生，以前雖喜歡抓一頭特別的髮型，但濃眉大眼、長得也不錯，加上活躍的行事作風，本來就有很多女生喜歡他，只是他從以前就獨鍾范惜風，卻連告白的勇氣都沒有。

現在呢？一襲黑色的襯衫長褲，頭髮染回黑色，自然簡單的短髮，搭上沉靜的笑容，襯出一股高雅氣質，加上銀色細框眼鏡，給人文質彬彬之感，很自然的就會讓人多看兩眼。

「所以你進神學院嘍？要經過考試嗎？」小雪好奇的問。

「嗯，有神父會幫我安排，我也很努力的在準備考試……不過在這之前——」游智禔雙眼忽然凝望著惜風，「惜風，妳身邊是不是有什麼？」

她不慌不忙，喝著她的咖啡，輕輕挑起嘴角。「你說呢？」

「我跟神父說過這件事，我想——或許我有幫妳的方法！」

咦？惜風跟小雪不由得睜大雙眼，他有辦法？

「喂，游智禔，你知不知道惜風身邊是什麼？不是什麼冤魂、或是什麼普通的路鬼甲乙丙丁那種咖耶！」小雪蹙了眉，「那可是個不簡單的傢伙！」

喀噠，餘音未落，小雪眼前的水杯突然倒了！

「哇！」

她慌張的趕緊把水杯立好，惜風扔過手邊一大疊餐巾紙壓著吸水，小萌則突然跳上桌，全身銀毛直豎，尾巴也豎直的朝著桌邊低吼：喵——

咦，那邊有人嗎？惜風皺起眉心，死神給她的第二個禮物是陰陽眼，能見鬼見妖見怪，因為身為死神的寵物，磁場容易招致陰邪之物的覬覦，因此讓她瞧得見，也比較好做防範。

但誰喜歡看見一堆齜牙咧嘴的鬼怪？所以她可以自由選擇睜不睜開第三隻眼。

「小萌？」小雪不悅的鼓起兩個腮幫子，「該不會有什麼在吧？」

『喵，就妳說的路鬼甲乙丙丁。』牠回頭，用怨懟的眼神瞪著小雪。『人家不爽啦！』

「噢……對不起……」小雪不由得咕噥，跟死神比起來，這些咖真的只是小咖嘛！這裡也有什麼在嗎？惜風蹙眉，事實上從剛剛的死亡意外開始，她就覺得不對勁；深吸了一口氣，她緩緩闔眼再睜開，悄悄開啟了陰陽眼。

斜對面什麼都聽不見的游智禔不明所以，只是疑惑的盯著眼前的俄羅斯藍貓。「妳在跟這隻貓說話？」

「呵……呵呵呵，」小雪乾笑起來，把小萌抓回來交給惜風。「游智禔，你好愛說笑喔，我怎麼會跟貓說話啦！」

看來小萌並沒有把聲音傳給游智禔聽啊！

「好了，言歸正傳，你知道什麼方法？」惜風焦急的是這部分。

「我不管是什麼，但沒有任何東西比神來得崇高吧？」游智禔認真的望著惜風，「我們應該尋求神的幫助！」

「神的幫助？」小雪狐疑極了，「別告訴我祈禱，惜風的狀況不是祈禱就有效的！」

「不，不能只是祈禱，我知道她的身邊不同於平常的邪魔……所以神父跟我說，我們必須去一個地方，驅魔師最多的地方。」

惜風深吸了一口氣，搖了搖頭。「游智禔，祂不是魔，你找驅魔師是沒有用的。」

「不是魔也無所謂，萬物皆歸上帝掌管，祂無論如何定能助妳一臂之力。」游智禔堅定的眼神透露了他對於神的信任。

神，哪個神能掌管死神呢？惜風微微笑著，不由得別開了眼神，她不知道該信不信。

小萌沒有出聲，哪條路才是她該走的？

挨著窗邊坐著，外頭人來人往，惜風原本不在意過往路人對咖啡廳裡的目光，但是有個人真的太誇張了，身體全貼在玻璃窗上，影子都遮住了外頭的光線，表示看得也夠久了。

小雪跟游智禔還在一問一答，因為小雪對所謂的「神」有興趣，對於游智禔的變化更覺得有趣。

惜風終於忍不住側首，瞪向了站在外頭直盯著別人看的傢伙——一個貼在玻璃窗上的女人，雙掌趴黏望著她，渾身上下鮮血淋漓，殘缺不全。

她身子是組合成的，一塊一塊不規則的身體拼裝成一個人形，還有組裝錯誤的部位，每一處傷口都像是撕裂傷，連該是圓滾狀的頭顱都有三處遭到重擊般的凹陷變形。

眼珠子很勉強的鑲在眼眶上，一顆已經爆裂，應該是看不見了。

啪！啪！死無全屍的女人拍打玻璃窗，向下望著她，張口欲言，一開口卻只是湧出大量鮮血。

「小萌。」惜風撫上藍貓，怎麼牠不說話。

『喵跳軌真醜。』小萌嫌棄般的說著，『喵人類總是活得不耐煩。』

跳軌啊？難怪會撕扯成這副模樣。

啪啪啪……女鬼拚命的拍著，望著惜風的眼神哀悽。『救……救救……』

都已經死了救什麼？如果是死後遭受苦刑，那也是自殺的咎由自取，怨什麼？救什麼？

『第三……個……第四個……』女鬼突然啪噠塊狀崩落，屍塊堆疊的高度與桌子一般高後，頭顱最後落下，歪斜的望著惜風。『不……不……』

第三個？惜風對於這樣的數數兒非常熟悉，她圓睜了雙眼，皺眉逼近窗外的女鬼。

「妳說什麼？第三個跟第四個是什麼意思？」

咦？正在聊天的小雪跟游智褆都愣了一下，為什麼惜風突然對著旁邊的落地玻璃窗說話？

『不是……故意的……不是……』女鬼的聲調嗚咽，散發著悲傷的情緒。

「妳意思是還會有很多個嗎？」惜風敲了敲窗子，完全不避諱他人眼光。

『救……救救……』

女鬼還在呢喃，滿口是血的她語焉不詳，下一秒卻露出驚恐神色，而她的正後方，傳來了一股煞氣！

惜風往後望去，看見的是一抹青黑色的影子，如火燄般飄動。

『救救——』女鬼慌張起來，染滿血的手在玻璃窗上寫著什麼。『真的不是故意的！』

電光石火間，那青黑霧氣般的影子倏地衝到惜風面前，迅速纏繞包裹住眼前的碎屍女鬼，女鬼傳來淒厲的尖叫聲，僅存充血的雙眼凝視著惜風，在歇斯底里的慘叫聲中被青影全數包裹。

下一秒，青影沒入地面，像是壓縮機一樣，女鬼隨之壓入地面，噴濺出一大灘的鮮血碎塊，灑黏在玻璃窗上。

「惜風？」游智禔察覺不對勁的皺起眉，跟著往窗外看，他只看到外頭的街景與往來行人啊！

「又有阿飄了？」小雪倒是一臉理所當然的湊到惜風身邊，「這個沒有很厲害的樣子，我還看不見。」

惜風纖指摸上玻璃窗，窗上都是碎肉塊，滿佈整個玻璃窗，只是人的肉眼瞧不見。

『喵連靈魂都被搾碎了，靈魂會痛的！』小萌用其實有點讚賞的聲音說著。

「那青霧影是什麼？」惜風皺眉。

『喵邪鬼，喵分不太出來！』小萌說得倒挺坦白的。

一行青少年走了過來，拿著飲料嘻笑談天，發現有塊空地就全數擠了過來，擋去惜風的視線。

但是靈魂殘餘的血肉還在，一個男孩貼上落地窗玻璃，那怵目驚心的血肉立即沾染上他的T恤。

「那沒關係嗎？」她暗暗抽了口氣，沒問完，另一個女生也貼上玻璃窗，穿無袖的她連手臂上都沾滿肉泥碎渣了。

『喵會染上冤氣，體質好的沒事，不好的就生病嘍！』小萌說得一副事不關己的模樣。

「那……」總是得想個辦法吧？難道讓這些看不見的人四處沾染這些碎渣？

『喵不會。』小萌轉過來，對她撒嬌的喵好長一聲。

牠就是不會啊，牠只是一隻貓，又不是驅邪師。

惜風一時語塞，她也不會啊！論起這種消災解厄的方式，唯一會的人就是……她眼眸低垂，該死，明明才忘記他的。

「妳到底在幹嘛？」小雪噘起嘴，沒好氣的說著，到現在她跟游智禔都丈二金剛摸不著頭腦呢！

「說來話長。」她指了指玻璃，「以後沒事少去靠人家玻璃窗就是了。」

「咦？」小雪睜圓可愛的大眼，有聽沒有懂。

「人家玻璃擦得很辛苦，別亂來就是了。」惜風也不想解釋太多，「我們走吧，這裡讓我不舒服。」

她突然起身，匆匆催促大家離開，游智禔滿腹疑問也不知從何問起，望著那扇玻璃窗望到眼珠都要掉下來了，也瞧不見什麼特別。

小雪倒是一路跟著惜風問，是不是外頭剛剛站了隻鬼，還是什麼人說話，惜風只是要她噤聲，不想說太多。

她心情不好，想到賀濂焱心情就好不到哪裡去。

當初是自己推開了他，罵自己一千句活該也無用。

「等等，惜風！妳走那麼快做什麼？」游智禔疾步追上，冷不防握住她的手，猛然將她抓了回來。

她嚇了一跳，突然整個人被拉近游智禔身前。

「我的提議妳覺得如何呢？」他眉頭深鎖，顯得有些心急。

惜風瞪大了眼睛望著游智禔，他們從來沒有這麼近的距離，因為過去的游智禔根本不敢碰她，更不可能這麼近距離的說話。

「我只有七天時間，不能亂賭。」她平心靜氣的凝視著他誠懇的雙眸，「小萌，說話。」真是有趣，她整個人幾乎貼著游智禔，兩個人近得沒話說，甚至只差幾公分就能吻上他，但她卻平靜得無以復加。

心跳正常，呼吸平穩，跟面對賀瀮焱時大相逕庭。

她不會心跳加速，不會小鹿亂撞，臉頰不會莫名其妙的發熱，或是尷尬的不知道眼神往哪兒擺……面對賀瀮焱才有的慌張，此時此刻卻什麼都沒有。

就算游智禔的眼底似乎有著情愫，她也能很乾脆的視而不見。

『喵他想去哪？』小萌在小雪懷中問著。

「你想去哪？」小雪重複著小萌的問題。

「最接近神的地方，梵諦岡。」游智禔閃爍著一雙堅毅的雙眼，神父告訴他，那裡終會有答案！

『喵！』

※　　※　　※

「啊……」小雪打了一個大大的呵欠，不耐煩的瞪著眼前的行李轉盤。「是說這行李也太久了吧！」

都已經入境多久了，旅客一堆就是盼不到自個兒的行李，久聞義大利人動作很慢，今日一見果然不同凡響。

在小萌同意後，惜風飛快的回去收拾簡單的行李，跟大家約在機場，比較厲害的應該是小雪，因為她已經有工作。

「妳這樣跟我到義大利……都不必請假的嗎？」惜風很認真的問。

「請啊，我回家收行李時填了線上假單，交出去了。」小雪更懇切的回答。

「可是你上司沒有准假啊！」連游智禔都忍不住插一句話，他承認，本來私心是想跟惜風單獨來的。

「我一年有十天假期，我扣掉週休二日請了六天假，請的是屬於我的特休，為什麼我要人家批准？」小雪歪了頭，不大明白。「而且我現在是實習階段，每天的工作就只有打雜而已，沒有重要到不可取代啊！」

哇！惜風不由得讚嘆了一下，說得也沒錯，她有十天特休，請的是自己的假……工作內容也並不重要，替代性非常高。

「但是，通常要給上司批准，是為了防範工作上有什麼問題，或許大家都忙時無法代理？」

「放心好了，我們的系統可以看見誰請假，這些天都沒有人請！」小雪極為肯定的露出笑容，「所以我有告訴老闆我要使用屬於我的六天假期了！」

瞧她瞇起眼笑得燦爛，惜風也不知道該說些什麼，打工打到大的游智禔一時語塞，的確特休是屬於自己的假期，但大家通常都還是要跟上面打聲招呼，請求獲准。

基本上這是很弔詭的事，自己的假期得請別人批准，非常不合理，但如果從「職務分配」角度來看就會舒服些，例如辦公室內總不能一半的人同時都請假，那麼工作就會停擺。

小雪這麼大方的結果，大概回去就沒工作了。

「妳知不知道職務取代性高的結果是什麼？」游智禔嘆了一口氣，「隨便找個人都能代替妳，回去一定沒工作了。」

「那就找下一個嘍！」小雪看得極開，「只要有能力，根本不愁沒工作對吧？」

「對，說得有理。」惜風露出讚賞的笑容，的確如此，有能力的人不怕找不到工作。

游智禔有點怨懟，他千方百計為惜風找到一條解決之道，原本希望能跟她一起旅行的，怎知道小雪依然梗在中間。

他不是討厭小雪，只是即使信了主，對惜風的喜愛卻沒有一絲減退。

兩個月不見，惜風其實也變了，她並不知道，自己變得更有魅力，而且更美麗，性格轉為鮮明，表情也豐富多了呢！

「等等要去哪裡？」

「我怎麼知道，我只是想先過來再說……」

「至少先找住的地方吧？」

一旁有人正在交頭接耳，小雪好奇的回首，看見四個熟悉的人，在飛機上就坐在他們前面，穿著打扮非常的……隨性，與其說是隨性，不如說是有點「趕時間」。

四個人中有男有女，幾乎都穿著家居服，雖不至於蓬頭垢面，但也是滿頭亂髮，一路上他們面露不安，總是不經意的四處張望。

惜風也有注意到那四個人，因為他們在飛機上時簡直坐立難安，還一直轉著佛珠唸經，一刻也沒闔眼。

「同學。」一個看起來頗壯碩的男人走了過來，「可以請問一下嗎？」

「嗯？」小雪總是熱情友善。

「你們是自助旅行嗎？」

「嗯……算是吧！」小雪也不知道這算不算，沒有做功課的自助旅行？

「那你們住哪家旅館？大概金額是多少？」男子算是禮貌，回頭指了指另外的人。「是這樣的，我們來得有點倉促，現在在想去哪裡住比較好……」

「住哪裡啊，游智禔！」小雪大方得很，直接喚了游智禔。「我們等等住哪裡呢？」

游智禔蹙了眉，尚未搞清楚對方的來歷，小雪是在一頭熱什麼！惜風只是輕笑，推了推他，要他前去幫小雪解決。

小雪本來就是這樣的人，她超級崇拜姊姊，因為姊姊有交代：人在江湖，靠的就是義氣！

現在同胞有難，豈有不伸出援手的道理？

被惜風一推，游智禔踉踉蹌蹌的來到小雪身邊，她綻開笑顏再把他往前哴。「我們都靠他了，他說會搞定這裡的住所呢！」

「……」游智禔有點無言，「我們住在羅馬市區的旅館，市區要價不菲，你們如果考慮到外城住的話，會比較便宜。」

「沒有關係沒有關係！」女人急忙上前，「多少錢都不是問題！」

「那我聯絡一下。」游智禔邊說，忍不住睨了小雪一眼。

惜風打量著神色慌張的幾個人，那女人甚至還帶著孩子，臉色蒼白，侷促不安，就連身在異鄉，也還是不停的四處張望。

行李開始轉動，他們之中有一個看起來超像流氓的人突然大剌剌的走過來，硬是把一個要拿行李的外國婦人擠開。

「閃啦！」他粗魯的用台語說著，一把抓起自己的行李。

那婦人有些不穩踉蹌，不明所以的瞪著他。

「看三小！妳擋到我的路了知道嗎？」男子滿臉橫肉，一副要扁人的樣子逼近老婦人。

「喂！你在做什麼！」壯碩男人連忙上前阻止，「是你太過分吧，她都準備要拿行李了！」

「我管她去死！我要拿我的行李就是了！動作這麼慢還擋路！」男人直接朝地上啐了

口唾沫。

「你就最好不會老啦！給我遇到我多踹你兩腳！」小雪突然上前嗆聲，手裡拖著剛剛那位婦人沒拿到的行李。

啊……她剛剛追上去幫忙拿了！惜風泛出笑容，她喜歡小雪的仗義。

「妳說什麼？妳再說一次！」男人以三七步逼上前。

「是怎樣？耳背喔！」小雪呿的很大聲。

壯碩男再次出來擋駕，另一個中年小鬍子男人沒好氣的扯著嘴角，叫大家別鬧事了。

小雪哼了一聲把行李交給婦人，再三道歉，然後保證他們跟那個爛咖沒有關係。

這些騷動引起其他人的注意，流氓男一樣囂張，用眼神瞪著別人，不停唸著看三小；帶孩子的女人全身都在顫抖，低聲的說拜託不要鬧，引起注意就不好了。

「你們在害怕什麼？」惜風突然出口，語出驚人。

咦？眼下四個人莫不瞪大雙眼，慘白了一張臉，惜風知道她說對了。

「沒……沒事！什麼害怕？」壯碩男人連忙搖手，「只是到這裡有點不安，語言不通嘛、外鄉嘛！」

「而且你們出國不先訂旅館的啊，這麼威？」小雪跟著接話，帶上慧黠一笑。「男人就算了，至於這位太太，妳帶著小孩子也玩流浪啊？」

惜風輕笑出聲，小雪又這樣，什麼都看得明白，也說得明白。

「我、我們很常這樣，就臨時起意嘛！」女人眼神閃爍，支吾其詞。

「朋友？丈夫？」小雪刻意追問。

壯碩男人尷尬的搓搓手腕上的佛珠，中年小鬍子男始終低垂著頭，他拚命唸佛經，臉色慘綠，根本沒聽見他們在說話似的，女人別過了頭，看來沒人想說。

「啊，我行李來了。」壯碩男人很快的顧左右而言他，衝上前去轉盤上拿行李。

惜風拉了拉小雪，叫她先別問，折返回到行李盤上等待自己的行李，一起緩步繞到另一頭，遠離他們。

「挺特別的。」小雪打趣說。

「別惹是生非，這趟是來解決我的問題的。」惜風警告著，「每次都捲入別人的事，很煩！」

「幫他們個忙，解決旅館的問題就好了？」小雪一臉無辜。

「行。」惜風對於幫這點小忙是願意的，只是不願意牽扯太多。

總覺得那群人有什麼地方不對勁，這麼倉皇的來義大利，簡直像是逃難似的。

眼看著自己的行李即將過來，小雪才要往前探身，一隻大手更快的為她提過行李，游智禔微微一笑，低聲說他來就好。

「哇喔，好可靠喔！」她喜孜孜的湊到惜風耳邊，「賀帥哥就不會醬子。」

一提到賀灝焱，惜風就一陣不適。

「別提他好嗎？」她沉下臉色，「已經是沒有交集的人了。」

「最好是，心裡明明放不開！」小雪湊耳悄悄的說，「心情低落，茶飯不思……」

惜風瞪了小雪一眼，要她噤聲少說兩句。

遠離賀灝焱是唯一的辦法，一來是她千百個不願連累到他，二來是因為有他，就會增加自己提前被死神帶走的機會。

一旦被帶走後，她就沒有翻身的機會，所以她選擇放棄賀灝焱，爭取時間。

喜不喜歡愛不愛這都是其次的事了，先能保住性命，活在這個世界上才是最重要的事。

「請各位跟我來吧！」游智禔主動將惜風、小雪的行李放在推車上，對著那四個人道。

「有車子來接我們去旅館。」

「我們也能一起搭嗎？」女人喜出望外。

游智禔微笑頷首，領著大家往前走。

可以看得出來他也在找路標，但是動作卻非常熟練，抓到字就能順著往前走，他們一路向前，往自動門外看去可以看見天際還是亮的，都已經七點多了，這兒還未入夜。

總算到了停車場，一輛輛遊覽車在那兒等著旅客，惜風遠遠的就看見一輛小巴，外頭站了一名穿著神職服裝的男人。

游智褆一臉興奮的上前寒暄，小雪也跟上去亂聊，惜風不愛交際，站在原地等候下一個指令。

她有些浮躁，回頭望向機場大廈，一路上都是遊客，卻總覺得有人在看她。

「上車吧！」小雪吆喝著，三步併作兩步先上了車。

惜風尾隨而上，接著是那幾個同鄉人。

遠遠的走來一大群觀光客，人聲嘈雜，一抹青綠色的影子閃過，拉著黑色行李箱的男人將行李交給司機，影子跟著竄進了行李箱裡。

惜風挨在窗邊，一顆心靜不下來，前往梵諦岡求救是著險棋，不成功，自己說不定就再也沒有翻身之日！

第二章 狼襲

他們在羅馬的落腳處，是貝尼尼旅館，旅館前即為貝尼尼廣場，中有海神噴泉，海神豪邁的仰首飲著泉水，這也是貝尼尼大師的作品；在羅馬連踢到的石子都可能是幾千年古蹟，整座羅馬城有一千多座貝尼尼的雕像作品。

游智禔幫忙安排住宿的四個人很妙，他們既不是夫妻、也不是朋友，簡直是素昧平生的人士，現在卻像生命共同體一樣，相依相偎。

壯碩較穩重的男士是消防隊員，叫黃暐唐，帶著孩子的女人叫陳姵伃，小孩六歲，小名安安；另一個滿臉橫肉看起來如兇神惡煞的粗獷男子則叫鐘祉宵，小鬍子男人則是搞建築的呂賢原。

貝尼尼旅館好歹是五星級旅館，住宿費用極貴，但他們都能住得起一人一間房，看來財力並不差；接應的神職人員一路送他們到旅館，也親自安排房間，惜風跟小雪一間，游智禔單獨一間，就在隔壁。

神職人員是雷歐內神父，非常有禮貌的跟她們打招呼，眼神總是落在惜風身上，語重心長的要她堅持下去，上帝會榮耀於她。

「我看起來很脆弱嗎？」惜風沒好氣的說著，「那個神父一直要我堅持！堅持！」

「他們都有大愛嘛，想說妳被附身超可憐的！」小雪頻頻點頭。

「誰被附身啊？我這比被附身更慘好嗎？活生生的地獄。」惜風皺起眉強調，通常附身本尊根本什麼都不記得，遺忘真是好物！「現在祂每天幾乎寸步不離我身邊，我連洗澡都怕祂偷看！」

事實上祂有沒有偷看她也管不著，那種無賴連——惜風下意識往唇抹去，冰冷無感情的吻，簡直就像在吻一塊冰塊般，不，是被一塊冰塊吻著。

沒有熱情、沒有溫暖，她只感覺到強迫與霸道。

祂是在向她示威，她是祂的，一輩子也逃不出祂的手掌心，任祂予取予求。

被死神帶走會去哪裡？軀體會殘存嗎？如果僅是靈魂，那她就連求死的心願都達不到了。

「祂真的那麼喜歡妳喔？」小雪每次都很困惑，「你們認識時妳也才八歲耶，到底是為什麼這麼執著？」

「改天妳自己問祂。」

「真的可以嗎？」小雪雙眼熠熠有光。

「葛、宇、雪。」這是明知故問嗎？當然不可以呀！

身後傳來急促的腳步聲，小雪回頭瞧去，發現是陳姵伃帶著安安走來。「等等，請等一下。」

已經要到房門口了，借風刻意停下腳步，不想讓外人知道她們住哪一間。

「怎麼了？」小雪一定是會停下的那種人。

「對不起……我們想請問一下，那個游智禔跟神父很熟嗎？」陳姵伃一臉憂心忡忡，「應該說……跟羅馬的神職人員都認識嗎？」

「應該沒有吧！但是游智禔是立志當神職人員的傢伙，我們能來這邊也是託神父安排的喔！」小雪瞇起眼笑著，「怎麼？要找神父……驅魔？」

尾音才落，陳姵伃臉色蒼白得雙唇直打顫，她恐懼的望著小雪及借風，彷彿她們是先知般能預知她的想法，既緊張又惶恐。

「媽媽怕鬼。」安安算是清醒了，童言童語。「說有鬼要來殺我們！」

陳姵伃緊張的拽拽孩子的手讓他不要亂說，小雪卻勾起嘴角，問孩子最準了，他們不知道什麼是謊言。

「鬼？什麼鬼你知道嗎？」小雪蹲了下來，問安安。

「可怕的鬼，綠綠的，晚上都會在窗戶旁邊說話。」安安瞪大一雙眼說著。「可是說什麼我聽不懂！」

「安安！」陳姵伃快哭出來了，拉著安安就想走。

綠綠的？惜風不由得想到昨天看見的青綠色之鬼。

「是不是一團跟霧一樣，沒有五官看不到人，就是一大坨東西？」惜風冷不防對著無辜的孩子問道。

安安立刻睜大雙眼，用力的點著頭。

「噓！別說別說……我們現在人在羅馬了，她不可能跟過來！」陳姵伃的聲音哽咽了起來，「謝謝妳們，我們先回房間了……」她一把抱起安安，簡直是倉皇逃命般的離開。

「陳小姐！」小雪超級阿莎力，直接報了游智禔的房號。

惜風蹙眉，在小雪轉過來時扔給她一記白眼。「妳幹嘛說游智禔的房號？」

「省得他們來吵我們啊，反正他們的目標是神、父。」小雪聳了聳肩，往前走了兩步後，再往前確保陳姵伃已經向右轉了彎，才拿出房卡。「他們不會害游智禔的，我看他們都自身難保了。」

「說的也是。」惜風笑了起來，輕輕的叩了房門。

小雪按了兩聲電鈴，才將房卡嗶的兩聲進入房間，當卡片插入電力系統時，房間瞬間亮起，床尾一隻藍貓跳了下床。

「喵——」

「小萌！」惜風開心的抱住跳進她懷裡的俄羅斯藍貓，「妳什麼時候來的！」

『喵好久喔！喵餓！』藍貓撒嬌般的蹭著。

「呴，小萌，妳都不必坐飛機，怎麼這樣好啦，我們坐得腰痠背痛咧！」小雪忍不住羨慕起來，「妳該不會咻一下就來了吧？」

『喵妳可以當貓啊！』藍貓睜著一雙綠寶石般的大眼睛瞅著小雪說。

惜風失聲笑了起來，「不是當貓就可以瞬間移動的啦！傻小萌！」

『喵餓！』她仰頭，可憐兮兮。

「貓食在行李裡，妳等等吧！」小雪幫忙安撫，「再撐一下下就有新口味喔！」

『喵新口味！』藍貓聽見新口味，雙眼都亮了起來。

小雪笑著開始拍攝飯店裡的設施，只有她每次出國都當觀光，掀開窗簾往外瞧著，窗戶的角度剛好看見樓下的貝尼尼廣場及雕像，海神像在夜燈照耀下格外醒目，此時夜幕已低垂。

惜風也跟著走到窗邊觀看夜景，廣場上三三兩兩人們在談笑，也有人出來遛狗，不過很快就離開了，雖然天才剛黑，但事實上已經九點了。

有隻狗在噴泉邊徘徊，看來好像沒有主人，惜風拿起相機拍了幾張，那狗只是緩步移動，仰著首似乎在看什麼。

她觀看相片，赫然發現那隻狗的雙眼正凝視著自己！

咦？惜風立刻將鏡頭移近，直對著那隻狗，幾乎確定了那隻狗一雙眼是在……瞪著她！

「小雪！」惜風失聲呼喚，小雪連忙踅回窗邊。

「怎麼了？」她聽得出惜風的聲調，那是看見什麼的聲音。

「妳看噴泉邊那隻狗！牠動也不動的看著我們！」惜風手微微發顫，腦子裡閃過的都不是好想法。

是死神嗎？還是祂派人跟蹤她們？即使不在她身邊，但總可以派別的東西來監控她吧？她怎麼這麼傻，以為這樣就可以脫離祂的掌控——

「惜風，那不是狗。」小雪的聲音沉了下去，狐疑的皺起眉。「那是狼。」

「什麼？狼？」她不可思議的再往外望去，那狼往前走了兩步，仰起頭忽而長嘯，在月夜下發出駭人的狼嚎。

凹嗚——這聲狼嚎終於引起注意，尖叫聲不知道從哪兒開始，從高樓往下望無法確認牠的體型，但一樓的旅人們至少能立即從肉眼分辨出牠與狗兒體型大小的差別。

尖叫聲此起彼落，羅馬繁忙的馬路上車聲隆隆，那匹狼忽然筆直往前衝，直直朝著飯店的方向衝了過來！

許多車子緊急煞車，狼穿過車陣，轉眼間惜風就失去了視角，看不見了！

「那匹狼衝進來了嗎？」小雪也嚇到了，「妳剛說得對，牠是瞪著我們的！」

「為什麼？狼是……」惜風緊張的環顧四周，突然一怔。「小萌？小萌！」

俄羅斯藍貓不知何時已經消失在這間房裡，連句招呼也不打，小雪一顆心跳得飛快，緊張的往外望，她們都知道，旅館裡現在有狼！

妖物嗎？惜風咬著牙閉上雙眼，她決定打開第三隻眼，有時噁心的魍魎鬼魅，可以帶給她許多安全上的警訊。

「惜風，妳要打開陰陽眼嗎？」小雪已經夠了解她了，熟知她一切的動作。

「對，有時藉由鬼魅可以告訴我們危險所在。」他們，懂得總是比人多。

緩緩睜開雙眼，床底下就有一雙眼在偷窺，門後的角落有一團黑影在瑟縮哭泣，她深吸了一口氣全然睜明時，忽然發現左方十點鐘方向的梳妝台邊，凝聚著一團青色鬼影！

喝！那青黑色她不可能忘記，是在台灣時看見的鬼影！

「你是什麼！」惜風厲聲朝著鬼影大喝，她沒有忘記，身為死神的寵物，她有一定程度讓鬼懼怕。

『不要……多管閒事。』那鬼影聲音幽幽森森，如一陣風般倏地自門縫底下竄出，同時還嚇著了縮在門後角落中的地縛靈！

那聲音她熟悉得很，的確就是在數數兒的聲音。

「惜風？」小雪似是沒看見，不安的搭上她的肩。

「我在台灣看見的青綠色鬼影跟來了！剛剛就站在梳妝台那兒看著我們。」她指向梳妝台，天曉得跟了多久。

她把佛珠跟護身符都還給賀瀮焱了，除了身為死神的寵物外，她還能有什麼能力，對付所謂的鬼？

「為什麼跟著我們？」小雪不解的望著梳妝台，「我們沒有做出任何惹惱他的事吧？」

「鬼要是能解釋就不是鬼了。」她深吸了一口氣，「內有鬼外有狼，妳說誰是衝著我們來的？」

「要我說？」小雪揚起笑容，「都不是衝著我們來的。」

她忍不住蹙眉瞥了小雪一眼，她真不是普通的樂天。

「我姊說過，人呢，行得正坐得穩就什麼都不怕！」她竟大步往門邊走去，「那萬一厲鬼妖怪硬是找上我們呢？那我們又不虧欠他們，受到攻擊就得反擊，更是天經地義啊！」

「……我還知道，旅行不刺激就不叫旅行了是吧？」惜風也無言了，這姊姊到底是怎麼教妹妹的？偏偏小雪對她姊超級崇拜。

「對！」小雪一把握住了門把，回眸對著惜風閃耀雙眼。「怎麼樣？出去看看？」

「我開始討厭妳姊了。」惜風無奈，選擇跟上小雪。「我來開門，我死不了，妳閃邊去。」

「嘻。」小雪一臉期待的貼到門後的牆上，惜風用力做了一個深呼吸，握緊門把，跟小雪以眼神數上一二三——唰的猛然拉開門！

一拉開，惜風就貼上牆，萬一外面有什麼也能讓他衝進來！

一秒、兩秒……嗯？她們倆面面相覷，惜風狐疑的攀著門緣小心翼翼往外看，正對一雙錯愕的眼。

行李員剛放下兩件行李，還沒來得及敲門就看見門「自動開啟」，緊接著一個人都沒有，他才要嚇得魂飛魄散之際，門後總算探出一個頭。

「Ciao！」他亮起笑容，兩個可愛的東方女子。

「Ciao！」小雪蹦跳出來，熱情的打著招呼，順手把行李拉進來。

行李員笑著離開，小雪迫不及待的拖過行李，惜風連想都不必想，她又要拿出她的「寶物」——一根木棍上有一條鏈子，鏈子兩端繫著鐵球，球上都是尖刺，上面全數刻寫咒語，也經過高人加持！

現在雙鏈球用一個小背包裝好，小雪好整以暇的揹上身，然後又拿出一只信封，掏出裡頭的護身符跟佛珠。

才倒出來，惜風就看出來了，那是她退還給賀濡焱的東西。

「妳為什麼有這個？」

「你們很煩，退來退去的，就我收著吧！」小雪索性為惜風戴上，「賀帥哥要我帶著，萬一有萬一，一定要為妳戴上，至少是個防護。」

護身符重回頸間，佛珠套上手腕，明明是冰冷的水晶，現在她卻覺得異常溫暖。

賀濡焱他……還是惦記著她嗎？

怎麼辦，她其實好想見他一面！越分開越想見，捨不得丟掉的那盆鈴蘭，都是她對他的思念！

這一個月來別說茶飯不思了，她根本連活著都成問題，每天去打工也如行屍走路，總希望能得到一點消息，小雪一打來她就期待是否賀濡焱託她轉告些什麼……可是，如同她的拒絕，賀濡焱音訊全無。

生氣了吧？硬是挑起他心中不願談的痛，硬是把他待她的好藉口化，就算是補償心態那又如何？他想要救下她又如何？不管理由是什麼，至少他們相遇了，比只能遇見死神好得太多太多。

緊緊握著護身符，她是矛盾的女人，推開了他，卻又想見他。

「好了，瞧妳都快哭了。」小雪捏了她的臉，「想他，等會兒就打電話給他。」

「不行。」她沉痛的搖著頭。

真的，現在越接近賀濡焱，只是帶給他更多的危險罷了。

「惜風……」小雪歪了嘴，但別人的事她不好插嘴。

「走吧！」她不讓小雪說太多，旋身就往門外走去。

現下的走廊寂靜一片，房間位於走廊的中間前段，行李員似乎也已離去，但是整條走廊上的鬼魂呈現一種驚慌之態，這兒不愧是古城，游離的鬼有古羅馬戰士、也有穿著古代長蓬裙的、渾身是血的女人。

他們正恐懼的交頭接耳，頭上插著一把斧頭的戰士不經意的瞥向惜風，又是一陣惶恐。

「我身上的磁場似乎越來越不一樣了。」惜風看著鬼魂們退避三舍，「他們都知道我是死神的女人。」

「誰？」小雪左顧右盼，似乎還不到她看得見的邪惡程度。

「鬼，以前我會被跟被黏，但是沒有鬼畏懼過我，現在鬼魂們會自動退散……在愛丁堡時，記得我一聲喝令就能讓黑死病的亡靈嚇得退卻嗎？」惜風凝重的緊握雙拳，「這似乎表示……我跟死神的關係越來越近了。」

亡靈們能嗅出她身上地獄的味道？或是死亡的味道？

「這也不錯，也算個強大的護身符？」小雪的想法永遠往樂觀那方面去，「妳說剛剛那匹狼會來嗎？」

「一定會，牠是看著我們的……」惜風遲疑了數秒，決定往電梯的方向去，這裡是高樓，那匹狼應該會來找她。

「惜風，妳覺得那匹狼會光明正大的坐電梯上來嗎？」小雪話裡還憋著笑意，她只要一想到有匹狼搖著尾巴走入電梯，還得努力趴上按鈕面板就覺得太有趣了。

「我還滿希望牠守規矩的！」惜風嘆氣，為什麼她老是遇到這種鳥事？

被死神看上已經是倒了八輩子楣了，現在每到一個地方，都有人盯上她？在日本被丑時之女誤認為橫刀奪愛的小三、在韓國被九尾狐寄宿、在俄羅斯時因為她的不死之身，所以差點被拿去製成活生生的俄羅斯娃娃……就連到英國都能扯上開膛手傑克！

現在？她打算到梵諦岡求救，才抵達第一晚就有狼妖盯上她！

「哇啊──」

淒厲的慘叫在走廊間響起，惜風跟小雪立即回身往後望去，在另一頭！

她們僅僅只是交換眼神，毫不猶豫的回身往另一邊衝，走到廊底向右轉，又是一長廊，但是有一間房門口前，圍上了一大群亡靈！

「別看熱鬧了！滾開！」小雪氣急敗壞的上前驅趕看熱鬧的亡靈們，惜風倒抽一口氣，該死，她看得見了！

「哇啊！哇──」那間房裡慘叫激烈，不時還傳來東西翻倒的聲響，但是這麼駭人的叫聲卻沒有引起其他房客的注意。

又是自己殺好玩的傢伙！

「惜風……」小雪望著門牌，不安的看向惜風。「喂！是那個流氓的房間！」

「人家叫鐘祉宵！什麼流氓！」雖然口吻行徑真的都滿兇的……一個眼神就瞪得囂張！惜風拚命按著門鈴，但一人一房的情況下，想也知道沒人有手開門！

「救命──救命！」男人傳來呼叫聲，恐懼的氣氛瀰漫著。

喀嚓！小雪才想要去櫃檯求助時，眼前的門忽然開啟了。

惜風蹙眉，緩緩的推開門縫，裡面的聲音未歇，依然是慘叫聲、東西翻倒的掙扎聲……還有一股臭味夾雜著……低吼聲。

她把厚重的門推到底，看見滿室血跡斑斑。

一匹狼正咬著男人的腳，膝蓋以下根本已經血肉模糊，牠卻緊咬不放，還一寸寸咀嚼著新鮮甜美的肉塊，一點點往上移動。

鐘祉宵痛得在地上打滾，往前爬一步，就被狼嘴往後叼了兩步。

白色的床單上噴濺鮮血，紅色的地毯吸飽了血液只是益顯鮮紅耀眼，狼注意到走進的惜風，昂首望著，黃色的眼珠凝視著她，似有千言萬語。

「你是獵人嗎？」小雪戰戰兢兢的問著，「獵到人家老公了厚！」

「嘖！」惜風忍不住回頭，「妳這是哪齣偶像劇？」

「可是他是被動物靈襲擊耶！」小雪眨了眨眼，認真的分析。「勢必做了什麼事，才會被動物報復。」

「不不——好痛！快趕走牠！」鐘祉宵哭著大吼，「我不是故意的，我真的不是故意的啊！」

「他做了什麼事？你要這樣折磨他？」惜風擰眉，趕走牠？媽呀，這麼大匹狼怎麼趕啊！「不對……牠聽不懂中文，小雪！」

「我只會講英文啊！」小雪也慌了，趕緊比手劃腳。「你，出去！離開！」

狼雙眼輕輕閉上，一副彷彿聽得懂她們說話的模樣，緊接著竟往窗戶邊退去——咬著鐘祉宵往窗邊退去。

有沒有搞錯！牠要把人帶走嗎？從這五層樓高帶下去，不死也半條命吧！

「等等！」小雪冷不防的立刻撲上，整個人往地上仆去，伸手抓住了鐘祉宵的手。

「救我！我不想死！我不想死啊……」他哭得泣不成聲，涕泗縱橫，很難想像一個兇神惡煞的傢伙，也是會露出這種像孩子般哭泣的模樣。

『我也不想死啊……』

突如其來的說話聲倏地自房門口傳來，惜風嚇了好大一跳，蒼白著臉色往門口望去，青綠色的霧聚集在門口，緩緩交織成一個邊緣不甚明顯的人形，音調依然空洞深遠，分不清是男是女。

現下，綠霧中冒出兩顆眼球，似是讓人分辨這個人形的高度？

狼使勁往窗邊退去，求生意志讓鐘祉宵一手抓著床腳一手抓著小雪拚命往前，大家的身後是門口凝聚成形的莫名厲鬼，惜風感到前後包夾的無助，現在到底是怎樣！

「退後！」她伸出右手，示意對方不該前進。

『哼。』青霧鬼冷哼一聲，惜風心頭涼了半截。『妳以為我畏懼妳？』

不敢。惜風凝重的蹙眉，至少從標準的中文來說，這傢伙是台灣過來的。

「惜風！幫我！那隻狼力氣好大喔！」小雪在自己的世界中，死命的抓住鐘祉宵不放。

「狼是妳使喚的？」亡靈使喚動物，她頭一遭遇上。

『牠是可憐我。』青霧鬼冷冷笑著，『妳們不該幫助殘忍的兇手，那些人害得我家破人亡——』

青霧鬼瞬時間散開，化成一大片網子朝惜風衝過來，她驚恐的步步驚退，情急之下拿出頸間的護身符，青霧登時間朝旁四散，改圍向小雪，又在霎時間被逼退。

小雪頸間一紅繩，紅繩底下串了一大堆平安符、護身跟法器，也難怪厲鬼無法近身。

所以，最後青霧鬼選擇幫助狼。

「哇啊啊——」向後撕扯的力道增強，狼嘴向上咬住鐘祉宵的膝蓋，他痛得鬆開一手，只剩下小雪拚命抓著的那隻左手。

「惜風！」小雪已經不行了，她依然死不放手。

惜風終於有空朝她而來，雙手握住鐘祉宵的手臂，試圖從手臂抓扯會比較快……但是對方的力道太強，那不是屬於人類的力道——再這樣下去，不是大家一起從窗戶摔出去，就是必須放棄這個男人了！

「小萌！」惜風大喝一聲，緊要關頭牠是死到哪裡去了。

小萌沒出現，但隔壁房門傳來開啟聲，惜風喜出望外的回首，總算有個人出來幫忙了！出現的是臉色慘白的黃暐唐，他恐懼的站在門口觀望，惜風厲聲大吼，他才咬著牙衝進來幫忙！多一個人至少有些幫助，狼開始啃咬鐘祉宵的膝蓋骨，那青霧鬼則開始冷笑，霧體幻化成一隻巨手，直接扣住了鐘祉宵的小腿。

『你們都會遭到報應的！一定會有報應的——』

恫嚇般的語氣低吼著，巨手一骨碌扯下鐘祉宵的小腿，使勁一扭，將韌帶跟肌肉扭斷，殘餘拉扯不斷的狼便貼心上前，以利牙一一咬斷。

「哇啊——」

鐘祉宵霎時失去意識，但是拔河也已落幕，狼滿意的叼起鮮血淋漓的小腿，沉著的雙眸覷了惜風一眼。

『去吧，孩子們餓了。』青霧鬼倏地往窗外散去，『我們的事情還沒了呢！』

狼也旋身，優雅的啣著晚餐，躍出窗外。

至此，小雪全身虛脫的癱坐在地上，望著趴在跟前已經沒有左小腿的鐘祉宵，滿房的血著實怵目驚心。

惜風緩緩的望向身旁的黃暐唐，這麼大一個壯漢，全身卻不住的顫抖，冷汗直冒。

「為什麼……為什麼！」他喃喃說著，下一秒便掩面痛哭。

腳步聲突然紛至沓來，聽不懂的語言在空中交雜，數秒後衝進幾位披掛著天主教領帶的神職人員，或手持十字架，或噴灑聖水，激動的對著窗邊唸起來。

惜風鬆了口氣，無力的拍拍小雪，此時，游智禔慌張的走了進來。

「你太慢了吧！喂！」小雪忍不住抱怨。

換人家賀帥哥早就解決啦！

第三章 神職者

「差太多了！」小雪的手因摩擦受了輕傷，正由專人細細包紮。「真的差太多了啦！」

惜風咳了兩聲，示意她不要再說了，沒看見游智禔的臉色越來越難看嗎？

他已經因為晚到一步愧疚萬分了，她就不要再刺激他了！

小雪一直咕噥著，賀帥哥在就不會這麼麻煩，在危機重重前賀帥哥說不定就把狼啊或是那個青霧鬼給趕跑了，也說不定一個人就能救起鐘先生跟那隻外帶小腿餐。

游智禔自然知道小雪在拿他跟賀瀟焱做比較，那個他想起來就梗著呼吸的傢伙。

這樁流血事件由教廷壓了下來，原本僅是「爭取」進去梵諦岡的惜風一行人，立刻升級為第一順位處理者；許多職業的驅魔師都前往他們的房間進行驅魔，尋找魔物的蛛絲馬跡，惜風只能判定青霧鬼，那隻狼是何方神聖就不得而知了。

義大利語在空中交雜，連博學多聞的小雪都有聽沒有懂，重傷的鐘祉宵被送入梵諦岡的專屬醫院，據說那可能是魔物所傷，必須嚴陣以待；游智禔一直在跟神父們溝通，他就是因為跟神父在外聯繫，才會失去了搶救大家的先機。

現下，連惜風她們的房間都變成重點所在，許多神父往四周灑聖水，也有人似是準備了十字架要給她們佩戴。

走廊上依然沒有閒雜人等，惜風至此終於明白原因何在——當初訂房時，這層樓原本就沒有安排任何住客，梵諦岡包下來了。

跟黃暐唐他們認識是意外，因此他們被安排在轉角之後的房間，原本不打算跟他們住同層樓，但那時是惜風開口才做如此安排。

惜風沒受什麼傷，多半只是驚嚇，但是這種程度的，她已經司空見慣。

好奇與狐疑，凌駕一切。

「真的對不起。」好一會兒，游智禔才有勇氣面對惜風。「我不應該跟神父約在外頭的，但神父不想待在旅館大廳內，他們覺得那樣太過引人注目……」

「你不要自責，這不關你的事！」惜風溫和的笑著，「青霧鬼是從台灣跟過來的，至於那匹狼……目標也是鐘先生，並非我們。」

她瞞了他。

小雪暗暗的用眼尾瞥了游智禔一眼，她聽出這話意，惜風並沒有說出狼在噴泉邊盯著她們的事；既然惜風不說就表示另有用意，因此她也就假裝啥都不知道。

「可是如果我早點來，就不會有這樣的事了！」蹲在惜風面前的游智禔，大膽的握住她的雙手。「偏偏我反應遲鈍，我——」

「智禔，你連神父都還稱不上，不知道是理所當然的。」惜風打斷了他的自責，尷尬的想抽回手。「其他驅魔師也是後來才出現的嗎？」

「嗯，我跟神父在外面聊了一陣，討論嚮導跟入梵諦岡的問題，結果驅魔師的車隊突然前來，二話不說就往裡衝……」游智禔憂心忡忡，「我那時慌了，我知道跟妳一定有關係，可是我……」

「跟我沒關，是跟鐘先生有關。」她輕聲重複著，「我跟小雪是自找麻煩，總覺得有問題，才離開房間去探視的。」

「妳為什麼覺得有問題？」身邊突如其來的問題讓兩個女生錯愕，她們仰首，發現開口說著怪腔調中文的，居然是神父。

「Ciao？」小雪還有空瞇著眼跟人家打招呼。

「Ciao！Snow，Right？」他眉開眼笑的望著小雪。

「啊，克里歐神父！」游智禔連忙立正站好，「這是克里歐神父，他在中國待過好長一段時間，所以會說中文，也是這一次要幫我們的人！」

克里歐神父微笑的走到小雪身邊，「妳們在房裡待得好好的，為什麼要出來呢？旅館人員說他們送行李時，妳們突然把門打開，卻躲在門後，好像在怕什麼似的。」

「喔……哈哈哈！他們誤會了啦！」小雪咯咯笑了起來，「既然怕什麼，怎麼會把門打開呢？我們是聽見行李車的聲音，故意趁他們還沒敲門前嚇嚇他們啦！」

哇塞！惜風面無表情，內心卻暗暗讚嘆小雪這傢伙真是會睜著眼睛說瞎話，還自然得很咧！

「哦？」當然，克里歐神父很明顯完全不信，可是依然帶著慈祥笑容。「那後來呢？」

「後來當然是聽見鐘先生的慘叫聲啊！那叫聲很嚇人，所以我跟惜風就趕緊跑出去查看了！」小雪說得信誓旦旦，惜風忍不住在心裡竊笑，既然很嚇人，是誰會跑出去看啦，呆頭！

「所以妳們不害怕？」克里歐神父果然也聽出來了

「怕死了。」小雪還在裝，「但是怕歸怕，還是要看一下有沒有我們可以幫忙的地方。」

嗯？克里歐神父好氣又好笑的皺起眉，這種說法滿新奇的。「所以妳們兩個女生冒險跑到鐘先生的房門外？做了什麼？」

「齁，你這樣一個個步驟問太累了，我直接幫你統整。」小雪明快的說著，「我跟惜風敲門沒人應，鐘先生忙著慘叫，但是突然間門開了——不要問我為什麼，門就是開了！所以我跟惜風走進去，看見滿房間都是血，還有一隻狼咬著鐘先生，最後就是我們跟狼拔河，把鐘先生救下來……扣掉那隻腿。」

果然簡單！游智禔早知小雪古靈精怪，但這過程未免太避重就輕了吧？從頭到尾，青霧鬼的事隻字不提。

「門自動開啟？這很怪，旅館的門如此緊密，不太可能開啟……」克里歐神父沉吟著，「那鬼呢？」

「青霧鬼是我的事。」惜風淡淡做了結論。

鬼？小雪立即瞪向游智禔，抱怨的雙眸迸射出「多嘴」的目光。

「惜風，我們來拜託梵諦岡幫忙，應該要把所有線索都跟他們說。」游智禔有些緊張，彷彿惜風她們的態度過於不敬。

「我要解決的事不是青霧鬼，那跟我的事比起來簡直是小巫見大巫。」她凝重的望著游智禔，死神才是重點。

「從妳們一踏上羅馬的土地後，一切都不對勁了。」克里歐神父說出令人咋舌的話語，「之前就聽過妳身上有特殊力量，但沒有想到會讓整座城都為之震撼。」

惜風仰首，睜圓雙眼，這種說法未免太抬舉她了。

「我不懂你的意思，狼不是針對我而來，是對鐘先生！青霧鬼也不是針對我，一樣是針對鐘先生……或是那幾個人。」惜風站了起身，毫不畏懼的迎視著克里歐神父。「我只是個普通人，不該把問題推到我身上。」

「不，驅魔師都感覺得到，羅馬城裡的靈騷。」克里歐神父對惜風的冷酷不以為意，微微一笑。「我也是驅魔師，在北京待過十年。」

「是嗎？」惜風冷笑一抹，「驅魔，對我來說毫無用處。」

「我們明白，在妳身上是更高等級的東西。」克里歐神父說著，卻帶著點恭敬的退後一步。

退後，不代表退讓，他的藍色眸子依然逼視著惜風，她也沒有迴避，較勁在無形中開展，一個是堅持身上有鬼的惜風必須配合，一位堅持執著於驅魔對她並無益處。

她時間短暫，只剩五天，可沒浪費的餘裕。

「游智禔！」小雪看出氣氛中的劍拔弩張，換作是她也不爽，幹嘛把事都推到她們頭上來。「你到底是怎麼跟人家講的？還有，這邊真的可以幫助惜風嗎？」

不要繞了一大圈大家都在浪費時間，最後不但沒辦法解決惜風的困境，還把她往死胡同裡推。

「我也不知道惜風身邊的是什麼，妳們從來沒說過，我只是求救而已。」游智禔嚴肅的說著，「現在大家都願意幫忙，妳們就配合點吧！」

惜風咬著唇別過頭，雖說是幫忙，但是她覺得自己現在反而被當成了怪物。

門口明顯的有幾個人在張望，惜風一瞥到黃暐唐，即刻筆直朝著門口走去，她與克里歐神父擦肩，神父立刻屏氣凝神，他能夠明顯感受得到惜風身上有一股無法抵禦的磁場……非魔非妖非鬼，但是不祥、卻又不可侵犯。

這台灣女孩，究竟是誰？

「別跑！」忽然惜風大喝一聲，小雪也立即跳了起來追出去，她就沒那麼溫柔了，嫌神父擋路喊了聲借過，一把將他推到旁邊去。

「神父！」游智禔看得驚慌失措，趕緊把差點跌到床上的克里歐神父拉住。

在門口偷看的人一見到惜風步出就嚇得往自個兒房間跑，跟那人一起逃的還有黃暐唐跟呂賢原，黃暐唐在一幫完惜風後，就火速衝回房，完全不理神職人員，直到剛剛才偷偷摸摸的偷聽！

惜風衝上前拉住偷看的那人，發現是陳姵伃，黃暐唐跑得很快，呂賢原也是沒命狂奔，她根本追不……咻——有個東西從耳邊呼嘯而過，筆直正中黃暐唐的腳，他頓時狼狽的往前仆倒。

又有另一個東西飛過，K到的是呂賢原的後腦勺，哎喲。

她回頭看著一臉志得意滿的小雪，雙手還拍了拍，開心的邀功：怎樣？不錯吧！

小雪扔的是桌上的上網鍵盤跟開罐器，飯店房間附贈的，這種扔法真是太驚人了……賠償費太驚人了。

「你們跑什麼？」惜風扣著不讓陳姵伃走，因為她還在掙扎。「你們都沒有聽見鐘先生的慘叫聲嗎？」

「我不知道！我不知道！」陳姵伃歇斯底里的抽著身子，「他發生什麼事我不清楚，我只是……」

「我問妳有沒有聽見鐘先生的慘叫聲？」惜風不悅的一把扣住她的頸子，直接往牆壁壓——這是從死神那兒學來的。

祂一天到晚這樣對她，冷不防的虎口擊喉，剎那間抽不上一口氣，倉皇之際又被反方向推壓上牆，腳步踉蹌重心不穩，每每都讓那混帳得逞。

這招果然奏效，陳姵伃驚叫連連的被壓上牆，游智褆跑了出來，對這一切不明所以。

「青霧鬼是追著你們來的對吧？要我猜的話，前兩天死在小客車輪下的案子把你們嚇得逃出國來！」惜風不容閃躲的眼神瞪著她，「所以鐘先生慘叫時妳是聽得見的，卻選擇龜縮！」

「我有孩子啊！我不能放著我的孩子出去拚命吧！」她哭了起來，「我聽見他在慘叫，我聽見有動物的吼聲，可是我要保護我的孩子！」

另一頭小雪硬拽著黃暐唐跟呂賢原走回來，當然依照男人們的體型跟力道，真的要傷害小雪輕而易舉，但是他們是自動放棄掙扎，緩步踅回，一臉哀悽，如喪考妣。

「陳小姐，妳不知道鐘先生多慘，他整隻小腿硬生生的被拔掉……」黃暐唐緊握著雙拳，壓抑波動的情緒。「那個東西說，說不會放過我們的！」

「兩天前，有個人在路上被一台手煞車沒拉穩的小貨車撞死，你們也認識對吧？」

聞言，三個男女臉色泛青。

那沒錯了，「第二個」他們認識，照理說鐘先生是第三個，那這兩個人如果也牽扯在內，就是第四個跟第五個了。

那第一個……惜風遙想著去年打工時跳樓自殺的邋遢大叔，如果這是復仇，為什麼事隔那麼久？第一個跟第二個，差了快一年啊！

「這是怎麼回事？」游智禔狐疑的望著所有人，「他們跟這整件事情有關係嗎？」

「百分之兩百……三百。」小雪使勁一把將黃暐唐推了向前，「那個青霧鬼從台灣跟著『他們』來的。」

她強調「他們」兩個字，一邊對其挑眉，意思是說：別把啥事都推到惜風頭上。

幾個神職人員緩緩步出，他們臉色凝重的低語，惜風討厭語言不通的狀況，不動聲色的左顧右盼，小萌怎麼不見了。

是這群神父在這裡，導致她躲起來了嗎？身為死神的寵物如果會怕神職人員的話……好像有點糟糕厚？

「我想要盡早帶妳進梵諦岡一趟，讓真正有力量的人能幫妳。」克里歐神父似乎得到結論轉過來對惜風說著。

「我也希望，就明天一早吧？」雖然現下是午夜了，但是為了及早解決，讓她自由，她什麼也不在意。

「明天不行，對方還沒歸國。」身後又有人附耳，幾聲絮語後，克里歐神父再度正首。「明晚我們之中最德高望重的驅魔師一抵達，我們就會通知妳。」

明晚……惜風心頭一緊，夜長夢多啊！

「……神……神父！」陳姵伃忽然碎步踉蹌向前，下一秒倏地跪定，抓住神父的衣裙嚎啕大哭。「救救我！求求你們救救我！」

「神父！」下一秒，連呂賢原也跪下來了，接著是黃暐唐。「求主寬恕我，救救我們啊！」

小雪瞪圓雙眸，緩緩的看向惜風，惜風相當錯愕的輕搖著頭，望著跪地的三個同鄉，就算游智禔使再多的眼色，她們也搞不清楚發生什麼事了啦！

到底是誰要求救啊！

※　※　※

早晨的太陽非常刺眼，小雪痛苦的掙扎起床，披頭散髮的坐在床上，半閉著眼望著窗戶透出來的陽光。

「好亮耶，惜風……」她整個人往前又趴在被上，「妳都沒睡喔！」

「起床吧，我想出去走走。」坐在窗邊的惜風的確徹夜未眠，她洗過澡上床試著要入睡，卻無論如何都睡不著。

一屋子亡靈早就離開，小萌也失蹤，神父們聆聽告解，似乎又是另一段故事。

但是昨晚的話卻影響著她，羅馬的靈騷……是啊，惜風其實知道，這座城市的確有靈騷現象。

靈騷，是外國用的字眼，簡單用我們熟悉的語言來說，就是喧鬧鬼現象。

在昨晚的狼現身之前，她就可以感受到城裡的騷動，真不愧是古城羅馬，所謂睜眼處處是古蹟，每一塊磚頭都是歷史，也蘊藏了久遠的靈體；從機場一路抵達旅館前，一路上的眾多雕像都似乎看向她，空氣浮動、磁場變異，這些她都感覺得到。

昨晚那匹狼在海神像邊徘徊，深夜後她輾轉難眠，坐在窗邊發呆，沒有關上陰陽眼的她看著廣場上還有亡靈在戰爭、還有亡靈在爭吵，也有遊客般的靈體正在閒晃。

但這些都沒有應該背對著她的海神像回首……或是仰頭看向她來得令人驚訝。

從窗子望過去的視線範圍內，有許多靈體對著她的窗子竊竊私語，就算腐爛的手也都會高舉，準確的指向她的窗子，暗處甚至有許多不知名的東西在飄移，她明白，那些驅魔師說得對：靈騷。

不能說由她引起，但至少有許多東西針對她而來。

清晨時有刺耳的救護車聲在城內穿梭，天空泛出魚肚白，許多靈體也陸續瞧不清，但不代表他們不存在。

「游智禔不是說要帶我們去走走？」小雪梳洗完畢，走出浴室後精神多了。「隨時等梵諦岡消息？」

「我不想讓他跟著……不想跟他有太多私下接觸。」惜風瞥了小雪一眼，「妳也別幫他製造機會。」

「我才不會呢，我是賀帥哥派的，才不會輕易變節。」小雪嘟起嘴，瞪大眼睛以表決心。

「妳哪派都不必站，我是死神的！」惜風扭扭頸子也站起身來，「誰都幫不了我。」

「但是游智禔真的很喜歡妳耶，妳都沒看見他望著妳的眼神，都快噴出火花來了！」小雪打趣的湊近她，「搞不好想成為神職人員就是為了妳，為了幫妳～」

「我謝謝他的好意，但是不會用情感當回報。」她推了小雪一把，乖乖回到梳妝台前吧！

步入浴室，浴缸裡坐著一個兩眼空洞的女人，她浸浴在血水裡，一直都待在那裡，就連昨晚她們洗澡時也一樣，無動於衷，不知道死了多久，或許是被殺，也或許是在這兒自殺而亡。

惜風只是瞥了她一眼，順手把浴簾拉起。

簡單漱了口再洗把臉，她得趁游智禔過來前先閃人，不想製造相處的機會也是為了他好，因為她不會給他任何機會。

她，喜歡賀灝焱。

不知道喜歡人的心情是否就是如此？惦著想著念著，一想到自己推開了他，就會心痛，想到自己不能夠跟他在一起，就會難受，當身在異地，總是想起過去都在身邊的他。

她沒有喜歡過人，如果這種令人難以呼吸的感受就是喜歡……那麼，她只喜歡賀濂焱一個人。

不管他對她的情感如何，不管他對她的好，出發點是什麼，她只要知道自己是喜歡他的就行了。

所以，對於游智禔……她只能抱歉。

唰——浴簾冷不防的被掀開，惜風嚇了一跳，她往浴缸裡望去，裡頭的女人攀著浴缸挺直身子，驚訝的望著她。

『妳……是什麼？』她粗嘎的聲音像幾百年沒開過口，開口是標準英文。『羅馬不歡迎妳！』

女人掙扎著起身，卻因為在那兒太久了，已經跟浴室融為一體，再也動不了了！

『離開！妳不受歡迎！』女人近乎咆哮般的吼著，『妳的命運已定，誰也幫不了妳！』

惜風搖了搖頭，倏地拉起浴簾，不管裡頭大吼大叫的女人。

What are you，那女人不是用「who」，卻是用「what」，在這個非人的亡魂眼裡，她甚至連個「人類」都不算嗎？

呵呵，真是太有趣了。

離開浴室後，看著正在抹防曬的小雪，她突然很欣慰小雪不到重要關頭是看不見的，否則她真擔心……擔心浴室裡的亡靈受到戕害。

兩個女生換好衣服又摸了一下，才趕著八點出門，還想去餐廳吃頓早餐再離開，語言不通沒差，反正就是四處逛逛走走，小雪打算在櫃檯拿份地圖問個路，這樣半天的遊覽至少不成問題。

只不過小雪才剛拿好麵包跟火腿坐下來……游智禔就出現了。

「哇。」小雪一口麵包差點噎著，「你怎麼……」

她求救般的望著正在物色哪罐優格比較好吃的惜風，看來她還不知情。

「妳以為我不知道妳們的行為模式？」游智禔挑了挑眉，「光有妳一個，就夠雞飛狗跳。」

「喂！憑良心說話啊！」小雪發出不平之鳴，這次可不是她的主意耶！

惜風挑好優格才轉身，望向自己那一桌，笑容頓時凝結……游智禔今天穿得很普通，不再一身黑漆抹烏，跟他們一樣隨性的T恤牛仔褲，很有青春氣息的帥勁。

她端著盤子回到座位，還是跟他道了聲早。

「妳們別亂跑，想去哪裡還是一起行動。」游智禔對著惜風說話時，語氣態度登時十萬八千里大轉變。「我也隨時能跟神父他們聯繫，說不定進梵諦岡的時間能提早呢！」

「也好。」惜風沒有拒絕，因為當面拒絕未免太刻意了。

小雪轉了轉眼珠子，一切似乎不能盡如人意吶！她倒是無所謂，只是肩負某些責任，例如游智禔如果太靠近惜風的話，身為賀帥哥那派，她還是得盡責的護衛惜風才是。

「昨天那些人發生了什麼事？為什麼會逃難逃到羅馬來？」惜風沒有忘記那些同鄉。

「他們啊……並不認識，只是不約而同的捲進一件命案裡，我想那個厲鬼應該是要找所有關係人算帳吧！」游智禔眉頭深鎖，重重嘆了口氣。「他們在台灣似乎什麼方法都試過卻無效，陳小姐是信天主教的，因此決定來這裡求助。」

「什麼命案？」小雪立刻亮了雙眼，她對「危險」的事特有興趣。

「那是告解，我不能說太多。」游智禔義正辭嚴的說著，「而且我也沒能聽到全部，是轉述的！」

「拜託，你又還不是神父，人家也不是對你告解！」小雪真是一語中的，還敲了他一下。「說出來搞不好有我們可以幫上忙的地方咧！」

惜風逕自吃著優格，小雪說得真好，他又還不是神父！

「青霧鬼我在台灣就看見了，嗯……你們那時也在。」游智禔跟小雪同時咦了好大聲，「就是我們在咖啡館的時候，你們不是覺得我一個人對玻璃窗自言自語，好像在做什麼……」

「妳不是在跟小萌說話？」小雪認真回想，「齁，外面有什麼對不對？」

「小萌？那隻俄羅斯藍貓？」游智禔知道那隻貓，在俄羅斯時算是「共患難」過。「惜風妳跟貓說話？」

「一開始外面趴著一個被肢解的女鬼，她拍玻璃窗求救，然後遠處便是一團青霧，突然跑過來將那靈體在玻璃前壓扁搾碎，靈體以血肉的方式呈現，濺了整扇玻璃窗。」惜風跳過游智禔的問題，「我不知道她是第幾個，但那是我第二次見到青霧鬼。」

「第二次？」小雪愣了一下，「妳之前在哪見過？」

「在稍早之前，妳跟游智禔叫住我的那兒。」斜坡下，那個卡車滑下來的地方，一閃而逝的青色霧狀體。

「啊……那時發生了一件意外。」游智禔記得，他有趨前為對方禱告。

「那不是意外，我清楚的聽見有人說『第二個』，並不是人類的聲音。」惜風搖了搖頭，

「數數還在進行，說不定鐘先生是第三個、陳姵伃是第四、黃暐唐第五……」

游智禔吃驚的望向惜風，「妳怎麼連這些都知道？」

「這有什麼好驚訝的？」小雪一臉見怪不怪，「不過昨天妳好像也沒看到誰的死意齁？」

「因為鐘先生沒死，他們在昨天之前都沒有呈現出死意……不過事實上我也沒留意。」不知道是不是在地獄門裡進行過大筆賄賂了，她對搜集死意變得有些懈怠。

「死意？」游智禔又提出問題。

「我能預知誰在二十四小時之內會死亡，並且看到他死時的樣子——但是我不願知道朋友的死期，所以我封住了這份力量。」她不講得太細，關於死神給她一支特別的眼線筆，好讓她可以不要看到死狀。

「好了啦，快點說，怎麼了！」小雪沒忘記重點，她好奇極了。

游智禔猶豫了一會兒，但因為惜風實在知道很多事，而且對於青霧鬼似乎也比神父們有譜，所以他才決定簡單的說出來。

他收到的訊息再簡單不過：就是有一個人心臟病發導致死亡，但是有人卻認為這個死亡肇因於他人。

「他們也說不出準確的原因，但他們是由鐘先生及那天早上死亡的人判定的。」游智禔簡單的用盤子裡的蛋、火腿及起司分派別。「被貨車輾斃的是那個搶坐計程車的人、陳姵伃因為把車停在巷口遲遲不開走，然後在醫院的鐘先生……他情節比較重大。」

「嗯？」小雪一陣乾笑，「不會是阻礙救護車吧！」

游智禔訝異的看向她，「妳怎麼知道？」

「現在不是很流行嗎？看到救護車急著往前衝，就一定要擋一下才甘心，反正車上載著的又不是自己親人。」小雪唉聲嘆氣，「最近有夠多，然後最後都有一大堆理由，裝病啦、什麼失神啦，一堆理由啦！」

「結果鐘先生真的是阻擋救護車的人嗎？」

「對，他刻意阻擋救護車達一分鐘，不但不讓道還故意擋住，其實之前新聞報過，他也被人肉搜索出來，但最後只是罰款了事。」游智禔頓了一頓，「他自稱有病。」

「躁鬱症。」小雪涼涼的接口，「我如果真的是憂鬱患者我會氣死！而且那個鐘先生……根本是讓別人有憂鬱症吧，這麼跋扈囂張的人！」

惜風搔頭，果然這些人都有串在一起的關聯。

「呂賢原呢？」

「他好像認識某個關鍵人物，簡單來說，他們這半年來天天見鬼，所以在網路上搜尋聯繫上的！發現大家看過同一隻鬼，被警告相同的事，等再聊深入些，才發現共同點——都跟那位心臟病過世的患者有關。」

「好妙！搶坐計程車是什麼？」小雪喃喃唸著。

「反正死者到院後就死亡，可是家屬似乎非常不能諒解，認定這一連串的『意外』，是導致親人死亡的主因。」這也情有可原，光是鐘祉宵擋救護車一分鐘，不知道會造成多大的影響。「這幾個人嚇得半死，搶計程車的人死前一天，青霧鬼即已預告死亡屠殺開始，說絕對要他們不得好死——隔天一早，那人就真的死了！」

「……不知道他們有沒有去過萬應宮？」惜風喃喃說著，這麼兇的厲鬼，賀濡焱一定有辦法。

「對啊，賀帥哥是高人一枚耶！」小雪也綻開笑顏。

「沒用！呂賢原說找什麼都一樣！」游智禔沉下臉色，立即反駁。「要是有用的話，他們現在就不會逃到羅馬來了！」

哼，又是賀濡焱，他究竟是不是惜風的男朋友！

小雪忍著笑意，嘖嘖，連空氣都變酸了喔！

「好，那昨晚神父們幫他們做了些什麼嗎？」惜風不提賀濡焱。

「幫他們做了驅魔式，也給了祈禱過的十字架，邪靈應該暫時不會近身。」游智禔提到這個，就會露出與有榮焉的笑容，彷彿這證實了西方勝於東方。

『錯！』

鏘，惜風被這突如其來的聲音嚇得滑掉了湯匙，在瓷盤上發出鏘鏘聲。

她詫異的側首看向聲音來源，窗子邊兩隻烏鴉嘎嘎，但長得極為詭異……女人的頭，卻有著像禿鷹的身體、翅膀和利爪？

『羅馬競技場！生與死！誰生誰死！嘎哈哈哈！』

中文！牠說中文？惜風忍不住站了起來。

她一連串的動作成焦點，但卻絲毫不以為意，那隻詭異的「烏鴉」說完便展翅飛走，她甚至來不及證實自己是否眼花。

「他們現在在哪裡？」她立即看向游智禔，「黃先生他們！」

「在……應該還在睡吧？」游智禔不解惜風的激動。

「妳聽見什麼了嗎？」小雪機靈，已經塞入最後一口起司，抹了嘴起身。「要去哪裡？我立刻去拿地圖！」

「羅馬競技場！」惜風甩下餐巾，拉著游智禔站起。「快點，他們一定在羅馬競技場！」

第四章 血戰

游智禔跟小雪第一時間就往櫃檯衝，一個問路、另一個撥了黃暐唐等人的房間電話，果然沒有人接。他們的騷動引起了注意，克里歐神父派駐的雷歐內神父沒有一分鐘就出現在旅館大廳了。

小雪說明大家正要去羅馬競技場，雷歐內神父自是狐疑，但是在游智禔說了黃暐唐等人都不在房內的消息後，他立即領著大家往地鐵去；貝尼尼飯店一出來五步之距就是地鐵站，由雷歐內神父帶著大家買票，腳步急促，一路上不停的問為什麼黃暐唐等人會離開飯店而無人知曉？

又問惜風為什麼會知道該前往羅馬競技場？她實在不想說，但還是在小雪「熱切」的眼神下，說出她看到的怪鳥：一個醜陋女人的頭，像鳥的身體、雙翅和利爪。

「哈耳庇厄！」小雪又再次說出正確的名字，「好炫喔！妳看見哈耳庇厄？」

「哈……什麼耳？」惜風每次到這種時候，就會暗暗佩服小雪的博學。

「哈耳庇厄，是希臘神話中的一種妖怪，有神聖復仇者之稱喔！」小雪簡直像部活百科全書，從外表絕對看不出來她懂這麼多！「真有趣，小萌不在，要不然她一定很有興趣！」

「妳是說很有興趣『吃』吧！」惜風沒好氣的搖頭，小萌特愛吃「可口」的妖類。

游智禔跟克里歐神父果然也知道那個傳說妖怪的名字，他們抱持著謹慎的態度，並沒有否定惜風親眼所見，這種情況她感到比較欣慰，至少說出來的話不會有人斥為無稽之談。

靠著羅馬城內繁忙的地鐵，很快來到舉世聞名的羅馬競技場，光是從外觀就壯麗得令人咋舌，橢圓形的鬥獸場建於公元七十二到八十二年間，若不是後來遭到破壞，說不定還能維持原貌。

早上八點，門外忙著拍照留念的遊客已多，但由於開放時間未到，這些人來這兒能做什麼呢？游智禔急忙撥打黃暐唐的手機，卻是轉入語音信箱。

「要我也關機，漫遊很貴。」小雪認真的說道。

『血！血……血債血償！』

粗嘎的聲音再度傳來，惜風急忙仰首，看見一隻隻鳥疾速的朝羅馬競技場裡飛去，她拿起相機當望遠鏡用，看到的又是人頭鳥身的哈什麼耳！

「是那個哈什麼的！」惜風指向空中飛得疾速的鳥兒，「牠們都往競技場裡去了！」

雷歐內神父仰首，緊蹙的眉心彷彿象徵自己看不見的無力，但是他正首後選擇相信惜風，一邊往前擠開拍照的遊客，一邊拿手機聯絡事情。

羅馬處處是古蹟，羅馬競技場附近也有許多遺址，可以看見凱旋門，想像著古時帝國軍隊浩浩蕩蕩凱旋返家的盛況，也看見神殿的柱子，僅恢復三根雪白廊柱，卻可以勾勒出神殿雄偉的畫面。

競技場、凱旋門、神殿，這兒是過去的行政中心，極為重要的場所。

觀光人潮完全沒有亡魂多，尤其在競技場遺址裡，遺址低於現在水平面約有一層樓落差，看過去都是黃土碎塊，但處處珍貴，許多亡魂都在裡頭或徘徊或休息，地平面上多數是意外身亡的現代遊魂，由區域劃分，壁壘分明。

咦？惜風倏地回身，剛好有個背包擦過她的肩頭，那人也道了歉。

「怎麼，小心點！」游智禔貼心的將她往前拉了幾步。

惜風皺眉，怎麼又有人在盯著她似的？而且……她怎麼好像聞到了什麼？

雷歐內神父正在交涉讓他們提前進羅馬競技場，搬出梵諦岡名號果然有用，不一會兒就有專人前來，恭敬的與神父交談後，領著他們前往尚空無一人的羅馬競技場。

羅馬競技場正中央為表演區，地面鋪上木板，外頭則是層層看台。看台有五層，越下面就是現在的貴賓席，第二區貴族席，第三區是有錢人席次，第四區普通公民，第五區則是給底層婦女、或是奴僕們觀賞用的，而且全部是站票，毫無座位。

競技場每層有八十道拱門，形成三圈不同高度的環形拱廊，最上層是高達五十公尺高的實牆，看台採逐層後退的形式，才能造成階梯坡度。

底層的八十道拱門就等於是八十個開口，最上面兩層則有八十個窗洞，入場時觀眾按照自己座位號碼，先找到對應的底層拱門，再沿著樓梯找到區域，最後找到自己的位子。這樣設計可以讓整個羅馬競技場內五萬名觀眾入場，而不會有任何堵塞現象，十分鐘內可以入場、散場完畢！

惜風一行人走進競技場外圍，在底層看見的是巨石築成的廊道，每幾步路可以往右側的底層拱門隱約看見通往競技場的中央表演場。

歲月的侵蝕讓石柱或有風蝕、或有損傷，但是羅馬政府還是盡力維護這難得的古蹟，筆直的往前走到底，可以見到硬搭建的電梯，因為一樓表演場的木板已經腐蝕，地底都是地下室，無法行走，相關人員讓大家從三樓看台上去。

走出電梯後，大家小心翼翼的經過拱形窗洞，一走上看台廊道，整個羅馬競技場豁然開朗！

偌大的羅馬競技場中，許多座位已經風化，中央鬥獸場的場地上，因為地底原本有地下室關犯人與野獸，當木板消失後，地底下一格格囚室便裸露出來；站在走廊邊，環顧整座競技場，壯闊且令人激賞。

「這裡不應該有人！並沒有開放啊！」工作人員不解的問著。

這裡這麼大，放眼望去的確沒看到什麼人，但是至少得走一圈，否則根本看不清另一頭是否有人！加上八十道拱門出口，只要躲在拱門陰暗處，也瞧不見人影啊！

「讓我們找找吧！」游智褆向雷歐內神父提議，立即拉過惜風的手，往前去尋找。

惜風嚇了一跳，試圖把手抽回，卻只是換得更緊的執握。

「不要單獨行動比較好。」他認真的望著她，「我只是想保護妳。」

「游智褆……」惜風咬了咬唇，她究竟該怎麼做，才能徹底的讓他死了這條心呢？

「喂，手牽那麼緊做什麼？」小雪立即出聲，「你趁機吃惜風豆腐喔！」

「我是怕她危險，她身邊太多奇怪的事物了！」游智褆理所當然，毫不鬆手。「小雪，妳跟神父找另一邊，我跟惜風找這邊！」

小雪立刻不悅的嘟起嘴，她是賀帥哥那派的耶，怎麼能讓游智褆這樣拉著惜風走咧！不過惜風以眼神示意讓她先別亂，現在先找到人要緊……石頭上停滿了一隻又一隻的哈耳庇厄，牠們吃吃笑著，笑聲令人毛骨悚然。

小雪嘆了口氣，只好先跑去跟雷歐內神父會合，一邊大喊著黃暐唐、呂賢原或是陳姵伃的名字，一邊小心翼翼的尋找。

才八點多，太陽強烈的當空照耀，惜風望著地下無數個坑洞，想像著過去裡頭關滿了野獸與囚人，看台上坐滿了瘋狂鼓譟的民眾，他們歡呼著，看著人犯與野獸從某個門走入競技場，展開生死血腥的對決。

無論孰勝孰負，總是血流成河。

為什麼古羅馬這麼喜歡這種競技運動，是因為人類骨子裡有一股兇殘，喜歡看著鮮血四濺的鬥獸嗎？

當然，囚犯多為重刑犯，若是能在羅馬競技場中活著離開，就能免罪，否則橫豎也是一死，像是為罪行付出代價……

惜風心頭一涼，等等……這是巧合嗎？哈耳庇厄被稱為神聖的復仇者，競技場上的囚犯是該償罪的重刑犯，青霧鬼認定有罪的一行人，他們各自為了微小的因素被認為害死了一個人。

罪與償……怎麼所有因素都在這個羅馬競技場內了！

前方兩公尺處的通道口，突然出現了獸足，一匹惜風再熟悉不過的狼優雅的步出甬道，現身在這條走廊上！

「什麼？」游智禔一個箭步上前，擋在惜風身前。「……野狼！怎麼會有狼！」

無視於游智禔的驚叫，那匹狼定定的望著惜風，大口微啟，長舌舔了舔嘴角，牠不奔跑不吼叫，只是輕輕挪移腳掌，利爪在石板地上刮出某種駭人的聲響。

是昨天那匹！惜風認得，就是昨天那匹狼！

『償罪吧！償還你的罪孽吧！』尖叫聲傳來，惜風來不及回首，一大群鳥兒從後低空飛至！

「哇呀——」惜風跟游智禔雙雙閃躲不及，他們一邊要往後，後頭卻是大量的哈耳庇厄振翅襲擊！

「跑！快跑！」游智禔鬆開手，推著惜風往反方向去。「惜風！快點跑！」

惜風旋身往來時方向奔去，哈耳庇厄圍繞著她與游智禔不放，雖有利爪卻沒有抓傷他們，只是讓她瞧不見視線而已！游智禔則大力的撥開哈耳庇厄群，下一秒卻眼睜睜看那匹狼飛也似的朝自己奔了過來！

糟糕！游智禔緊閉上雙眼，腦子裡閃過的只有——為什麼這裡會有狼？

野狼飛過游智禔頭頂，俐落的掠過了他，沒有一絲遲疑的筆直朝惜風身後奔去。

惜風在哈耳庇厄的翅膀縫隙中看見越來越多的亡靈，穿著古羅馬戰士的軍服、穿著麻布的衣裳，還在振翅聲中聽見人聲鼎沸，聲音越來越大，越來越多——

「不——」

最後，是陳姵伃的尖叫聲終止了一切慌亂！

惜風的腳尖絆到凹凸不平的石地，一個踉蹌仆上了地，手下的石板地燙手，但讓她吃驚的是這震耳欲聾的歡呼聲，還有比剛剛嶄新的石塊地板。

「沒事吧？」一隻手現身她面前，是女孩子的聲音，聽進耳裡是中文。

惜風仰首，一個穿著羅馬服飾的美麗女孩正笑吟吟望著她，女孩長得美麗動人，有一頭在陽光下閃閃發光的金髮，以及耳畔一朵鮮紅欲滴的花。

她遲疑的伸手搭上，女孩將她扶起，微微一笑。「小心一點，在這裡奔跑要留意腳下。」

惜風終於站起身子，聽得鼓聲喧天，她往身邊一看，那風化的石椅曾幾何時已經恢復原貌，整座羅馬競技場裡坐滿了群眾，每一個都像畫裡的古羅馬人，有貴婦、有武士，還有奴隸與販夫走卒！

而台下——哪還有什麼風化的地面與地底坑洞，就是一塊平整的木板鋪在地面上，許多士兵在上頭走著，此時此刻士兵們正帶出一個縛著腳鐐的人，往地上扔去！

那個人，穿著跟她一樣現代的衣服！

「天……」惜風扶著石欄，放聲大叫。「呂先生！呂賢原！」

嚇得驚慌失措的呂賢原根本聽不見被歡呼聲捲走的惜風叫聲，他惶恐的起身，任陌生的士兵為他取下腳鐐，一把劍鏗鏘扔在他面前！

不不……這是怎麼回事？呂賢原慌亂得不能自已，這是羅馬競技場他知道，但是這些人是誰？臨時演員嗎？他們在歡聲雷動些什麼？

而旁邊這些看起來人高馬大的士兵又是誰？他為什麼會在這裡？

『站起來！』一旁有人喝令，長矛往他身邊刺來，他嚇得趕緊站起。『劍拾起來啊！』

劍？他望著那把劍，是道具嗎？現在是要他演戲嗎？

不對，他們明明聽了神父的話前往羅馬競技場，說在這裡可以淨化他們的罪惡，徹底祛除妖魔的啊！

大家來到羅馬競技場後……發生了什麼事？呂賢原皺著眉試圖回憶，只記得神父突然不見，他們分頭找尋，然後……然後他穿過一個洞門後，就什麼都不記得了。

再回神時已經在一方黑暗斗室裡，聽見有人聲鼓譟、有歡呼跟慘叫聲，天花板似是木板，上頭不斷震盪，似乎有人在上頭做運動還是打架。

然後穿得像臨時演員的士兵拉他出來，他才發現自己竟上了腳鐐！

戰戰兢兢的彎身拾撿起那亮晃晃的劍，他差點拿不動——這是真材實料的劍嗎？怎麼會這麼沉，他根本拿不住啊！

一名頭戴銅盔，上有紅頂羽的士兵一步上前，現場群眾霎時鴉雀無聲。

『呂賢原——見死不救，劈腿後拋棄交往多年的女友曾郁芳，害對方跳軌自殺，最終導致曾郁芳死亡，該死！』士兵朝著上空大喊，羅馬競技場的設計，讓人不需麥克風也能將聲音傳遞到每一處。『如果他能在下一場戰鬥中獲勝，活著走出競技場，就無罪釋放！』

什麼……什麼東西！

「呂賢原！」趁著安靜的瞬間，惜風再大吼了一聲。

呂賢原總算聽見了，他循著聲音往上看，只看見刺目的太陽，跟模糊的人影！

「這裡！這裡——這是怎麼回事！」惜風移動身子，揮舞雙臂。

「……范、范小姐！救命！救我啊！」呂賢原朝惜風哀求著，「我不知道為什麼會這樣啊！范——」

餘音未落，現場再度歡聲雷動，在眾人的鼓舞與掌聲中，另一道門走出了一位穿著淺綠連身短裙，手持盾與劍的女孩。

是名少女，渾身上下散發著強烈的殺氣，黑色紮起的馬尾，以及繚繞在她身邊的那股青霧——她是那個青霧鬼？

『呂賢原，只要你打贏她，就會獲得自由。』士兵們重申，便往後退去，一個指令，戰鼓隆隆作響，搭配著群眾激動的叫嚷聲；殺、殺、殺！

青霧鬼只是名少女？惜風瞪大了眼睛，她不想相信，但是那磁場證實了一切！

「安靜的觀賞不就好了？何必管他那麼多？」身邊的正妹幽幽開口，「有罪之身才會出現在競技場裡，看是要為自己的所作所為償還罪孽，還是為自己的生命拚出路。」

惜風驚異的看著金髮正妹，連微笑的側臉都迷人。「妳是誰？呂先生就算犯了什麼罪也不該……為什麼我們會在競技場內？」

「羅馬喜歡舊時榮耀。」正妹勾起嘴角，「她，恨得想要手刃所有人。」

正妹指向了綠色衣服的少女，擎著劍，所向披靡的姿態令呂賢原望而生畏。

「妳、妳是誰？我不認識妳啊！」呂賢原捧著劍求饒著，「放過我吧！這一定是做夢，我一定是在——」

『你害得我家破人亡！』少女開口，這是惜風第一次聽見女孩的聲音，她大步躍起，冷不防一刀往呂賢原手臂上劃去！

紅血濺出，現場群眾一陣瘋狂。『殺！殺——殺掉他！殺掉該死的罪人！』

「哇啊——」呂賢原痛得滾地，會痛……他會痛啊！這不是假的！

「住手……住……」惜風喊破喉嚨也沒有人聽得見，只換得正妹竊笑。「妳笑什麼，這是亡靈的惡作劇嗎？」

「是啊，不過，不小心還是會死的喔！」正妹怡然自得的笑了起來，「妳的到來讓羅馬城的靈都動了起來，喚醒了所有沉睡中的靈體。」

「我？」惜風屏氣凝神。

「對，妳的身分、妳的氣息，妳的磁場……」女孩湊近了她，深深的吸了一口氣。「啊……多麼美好的氣味！」

「妳在胡說什麼！可以阻止她嗎？阻止這荒唐的殺戮！」惜風指向競技場內的血腥。「呂先生有罪，應該讓法律制裁！」

「有的罪，是法律制裁不了的。」正妹聳肩，「所以鬥獸倒是個不錯的選擇啊，呵呵……啊！妳看！」

惜風聞聲看去，只見到少女一劍劈向呂賢原，他及時拿起盾牌抵擋，但是手腳笨拙的他根本措手不及，連滾帶爬的想往角落躲去！

少女追上，一劍從他小腿肚刺穿過去，呂賢原發出淒厲的慘叫！

「哇——不！不——」

少女揚起笑容，拔出劍來，再往另一隻小腿上刺了下去！

『喔喔喔喔！』群情激憤，民眾們為罪犯染血感到興奮莫名。

少女突然揚起手，一握拳，現場立刻靜謐。

『你知道她要跳軌對不對！她早就告訴過你了，你知道那天她什麼時候要跳軌自殺！』

呂賢原趴在地上痛哭流涕，兩隻小腿肚都被刺穿，痛得說不出話來。

『說！』少女一腳踹向他的身子，逼得他倒下翻身，正面朝上！這樣的移動牽動了小腿的傷口，呂賢原只是哀哀叫個不停！

「我……我不知道她會真的跳！我以為她只是說好玩的！」呂賢原嗚咽的喊了出來。

「我真的不知道……」

『騙子！她發給你簡訊，說五點你不出現，她就死給你看！你明知道只要現身就能救她一命，卻選擇不理不睬！』少女一腳踩在呂賢原肚皮上，忿忿不平。

「她一天到晚威脅我啊，我們都分手了，還要我怎樣？」呂賢原嚷了起來，「我也有我的生活要過，總不能她一天到晚鬧自殺，我就得應付她吧！」

『你騙了她的感情還敢大言不慚！』少女高舉起劍，對準呂賢原下體，狠狠的就往下刺去。

淒厲的慘叫聲響遍競技場，少女拔劍再戳刺、拔劍再戳刺，確定徹底戳爛，鮮血漫成一片後，才勉強住手；呂賢原已經叫到出不了聲，他被踩著動彈不得，慘叫聲漸趨虛弱。

『你們的事我不管，但是因為你見死不救，拆散了我的家！』少女咆哮著，下一劍刺進呂賢原的肚皮裡。

『喔喔喔——』又是興奮的鼓譟，隨著呂賢原的慘叫越來越淒厲，少女的手段越加兇殘，這群古羅馬人的雙眼益發閃亮。

少女剖開呂賢原肚子，以刀尖挑起內臟與腸子，緊接著再削掉他因痛楚而想護住腹腔的手腕。

惜風看了於心不忍，這是活生生的虐殺啊！

原本以為少女還要繼續的，但她卻突然收手，往後退了幾步，豪氣的大劍一甩，血珠灑上沙場，有士兵將另一道門升起——狼，再度現身。

啊啊……惜風知道了，少女要讓狼活生生吃掉他！讓他在活著時感受到被咀嚼的痛楚！

「他已經要死了，不要這樣！」惜風忍不住大吼，「妳沒有權力主宰他人的命運！」

電光石火間，少女回首瞪視她。

『我家人的命運，已經被他們主宰了！』她尖吼著，『不要多管閒事！這是我的事情！』

她伴隨著長聲嘶吼，身形漸漸模糊，青色的陰氣掩蓋住她的身子，而狼也飛撲上，大口大口的撕扯呂賢原的肉，慘叫聲不絕於耳。

「這是真的還是假的！」惜風皺起眉，往身後歡呼的群眾大喝一聲。「全部給我消失，恢復原狀！」

她轉身背靠著牆，對著群眾大吼，說也奇怪，所有群眾頓時噤若寒蟬，視線全投注在她身上。

「我要是妳的話，不會這麼做喔！」身邊的正妹笑了起來，「別忘了，這裡是鬼的幻境，不小心……是會死的喔！」

「我說，全部滾！」

剎那間，尖叫聲嘶吼聲響徹雲霄，古羅馬人們驚恐逃竄，身形漸淡，座位瞬間風化，另一半的羅馬競技場開始崩落，漸漸恢復原本殘破的樣子！

惜風突然一陣踉蹌，她身後靠著的牆——消失了！

「我說過的嘛！」正妹的聲音悠揚，但已經不見蹤影。

天哪！這堵牆沒有維持到現代——惜風根本毫無招架之力，雙手想抓也沒有地方可以使力，甚至連她腳踩的地面都已經不存在了！

「呀——」

她以背對著地面的姿勢往後摔去，伸長的手根本不知道該抓住什——啪！

霖焱！她緊閉雙眼，腦子裡只想到這兩個字！

一隻大手飛快的抓住她的手腕，緊緊扣住，順利拉住即將掉下去的身軀！

惜風的身子晃盪，驚惶失色的望著自己被握住的手臂，往下看就是遺址廢墟，那過去在羅馬競技場地面下的囚室，摔下去雖不至於粉身碎骨，但落在這麼多石頭上，只怕性命難保。

是游智禔……她咬著唇戰戰兢兢往上看，自己正掛在半空中，剛剛站的那條走廊早有一半已經消失，更別說石牆了！情緒的起伏逼出她眼眶的濕潤，昂起首感激涕零的想道謝，卻發現那不是游智禔的手。

熟悉的眼神熟悉的笑，她想起來了，在人群中聞到的，就是他身上的氣味——賀濡焱。

「被捲入幻境中了嗎？」男人輕笑著，「妳保持不動，我拉妳上來。」

「你——」她想問些什麼，卻啞口無言。

身後傳來陣陣哀鳴，惜風回首望去，只看見許多石頭上殘留鮮血，在某個地下窟室中，傳來痛苦的哀鳴。

「惜風，上來了！」賀濡焱要她專注，一把將她往上拉，直至攀到地板後，惜風才用自己的力量爬了上來。

她一安全，忍不住又望著賀濡焱，背後的慘叫聲無法影響她。

「妳太不小心了。」他笑著，大手將她攬進懷裡，緊緊扣著，在髮上額前大方的輕吻。是賀濡焱……真的是他！

惜風覺得太不可思議了，這是否是另一個幻境？她貼著他的胸膛，就算是幻境，她也不介意，因為她真的好想好想他！

「我嚇死了！」她張開雙臂環抱住他，「我好想你……很想跟你說對不起，我……」

「我知道，妳一旦動心，就是最美的時候。」他溫柔的撫著她，「死神等待的是這片刻的剎那。」

所以，明知道有他存在，死神卻未曾對他下手……真是個城府極深的傢伙，祂知道人性是越阻止越想嘗試，祂逼惜風越緊，她就越期待自由與愛情。

是他害慘了惜風，若不是遇到他，事情或許不會那麼快發生。

惜風不語，只是緊緊抱著他，她真希望時間就停在這一剎那，進入永恆！

「惜風——」小雪的叫聲傳來，來自左手邊。

終究還是不可能，她嘆了口氣，淚眼汪汪的望著賀瀮焱，他輕柔的拂去惜風的淚水，將她扶站起來。

「我在這裡！」惜風大喊，好讓小雪找得到她。

放眼望去，已經聽不見呂賢原的慘叫聲了，那地下的囚室中冷不防躍出一匹狼，牠輕巧的踏上未腐朽之處，踩著石頭隔間往邊緣移動。

嘴上叼著一隻手臂，那狼不經意又瞥了惜風一眼。

「惜風！妳剛有沒有看見！我看見呂先生他——」小雪奔了過來，突然怔了住。「賀帥哥？」

「嗨！」他從容的笑著。

「我看見了，呂先生被狼吃掉了。」惜風沉著的說著，看著狼從一樓的拱門離開。「先被青霧鬼手刃，再交給狼分食。」

「咦？所以剛剛都是真的？」小雪好訝異，因為她莫名其妙的就身處最頂層看台上。

「什麼古羅馬的人、爭鬥……」

惜風點了點頭，左顧右盼。「其他人呢？雷歐內神父呢……啊，游智禔呢？」

「神父我也沒看見……超亂的，大家都散開了！」

被哈耳庇厄纏鬥時，他們分開了……那匹狼如果選擇呂先生，應該沒有傷害游智禔吧？她有點緊張，拉著賀灝焱要往回找，還沒行動就看見小跑步奔來的身影。

游智禔才剛恢復神智，就聽見小雪跟惜風的聲音，立刻緊張的追了過來。

然後看見最不想看見的人。

「哎喲。」小雪竊笑，真是情敵見面，分外眼紅啊！看這場面尷尬的！

惜風對著游智禔微笑，輕聲問有沒有事，他緩下腳步搖頭，一雙眼瞪著賀灝焱摟著惜風肩膀的手瞧。

「喂——有沒有人啊！」樓下，突然傳出了叫聲。

大家紛紛往游智禔的方向移動，惜風原本站的地方沒牆沒地，著實危險，所以大家移動幾步，來到穩固一點的地方。

小雪攀上石牆往下看，那格狀的地底下，傳來陣陣呼喊聲。

「喂——有誰在嗎？」陳姵伃的聲音伴隨著安安的哭聲一併傳來。

他們在遊客禁入區，中央表演場地底，那是過去關著猛獸與囚犯的地方。

惜風跟小雪對看一眼，她突然很慶幸驅走了亡靈，如果讓幻境繼續，下一個上場的不是黃暐唐，就是陳姵伃。

「那邊的血……是呂先生的嗎？」游智禔皺著眉，望著石隔間上的一小撮血，只怕深入地下找，看見的是死無全屍。

「是，應該已經沒救了。」惜風肯定的點著頭。

在被某個教宗毀掉的另一半羅馬競技場牆上，一團青霧正飄渺，渾濁的嗓音再度傳來，惜風跟賀濔焱不約而同的仰望，幾隻哈耳庇厄咯咯笑著，倏而振翅高飛。

『第三個……』

第五章
無心之罪

照常理說，這趟來到羅馬，是為了進梵諦岡，為了見梵諦岡專業的驅魔師，看這些受神眷顧的人們，是否有辦法為惜風解決被死神標記為寵物的命運。

死神將在惜風最美的時候帶走她，何謂帶走沒人心裡有譜，因為過去的寵物都已經不在這世界上；兩個月前惜風在地獄門裡見到了許多他國死神，就祂們言下之意，死神挑選她是有原因的。

第一，是因為她看得見祂，甚至楚楚可憐的向祂求救，所以祂要了她；第二，是因為某個曖昧不明的原因，或許是性，或許是其他……至少死神暫時沒有對她出手，但是未來也不打算讓她投胎。

「主因」她無法得知，沒有死神願意說，但惜風卻有一種自己被選為寵物是情有可原、理所當然的感覺！

好不容易在地獄門得到一點消息，接下來卻依然毫無線索，她問過死神無數次為什麼選她，祂總是不回應；她上網查了許多相關資訊，才發現自己傻得可以，這種資訊在網路上查得到，那祂還需要當死神嗎？

小萌不是神，知道的也有限，唯一能幫她的人卻是會觸動她心弦的男人，所以她推開了他，導致自己全無進展。

她明白自己是個無用之輩，除了在死神監護下，擁有那麼一點點非自願的能力外，根本什麼都不會——人怎麼能掌控自己的命運？

她沮喪無助，大部分心思卻放在窗口那盆鈴蘭，想著不該想的人，用打工耗費時間，然後游智禔出現了，一個心儀她已久的男生，為了她向神職人員描述情況，希望能助她一臂之力。

結果，她現在人在羅馬，還沒有解決到自己的命運，就先捲入他人的命運。

「第三個，呂賢原！」小雪在呂賢原的名字上畫了一個大X，看得黃暐唐心驚膽戰。

黃暐唐跟陳姵伃母子的確在地下室某個囚室中，大家在上頭時可以看見他們搖晃呼救的雙手，羅馬競技場的相關人員不明白他們是怎麼進到裡面去的，地下明明是禁區，更別說一間間囚房在沒有門之後，就像迷宮一般，這些人是怎麼到中央的？

從一樓平面進去更不可能，現在為了維持原貌好讓觀光客看仔細，並未鋪設木板，真要在競技場上行走，得像跳格子般，跳著地下囚室的牆頭走。

最糟糕的是染血的古蹟！呂賢原在附近一間囚室裡，肚破腸流，骨頭斷成數截，被野獸啃咬得亂七八糟，一隻手臂被撕扯下來不翼而飛，至於是什麼動物幹的，「專家」需要再研究，但惜風他們都知道，是狼。

羅馬競技場今天臨時暫停開放，外頭排著長龍的觀光客哀鴻遍野，但是官方沒有說出原因，民眾只能看到幾個神父來回穿梭。

惜風一行人還待在競技場內，烈日當空，大家全躲在拱門下避陽，雷歐內神父去聯絡克里歐神父跟梵諦岡，小雪則拿出紙張列上黃暐唐等人的名字，一一標示著順位。

「所以第二個叫？」她不以為意的問著。

「……劉裕堅。」黃暐唐臉色難看的說出了名字。

「劉裕堅，被小貨車輾斃。」小雪邊寫還邊重複唸，賀瀟焱忍著笑意，她還真直率，絲毫沒想到旁邊的人可能成為第四個或第五個……「怪了，姓鐘的還活著嗎？」

呃……惜風頭好痛，小雪可以不要這麼明快嗎？

「活著。」游智褆點了點頭，一雙眼都快冒出火來了。「他人在醫院裡，還在昏迷中。」

惜風跟賀瀟焱雙雙靠著牆，那攬著惜風的手沒鬆過。

「怪了，鐘祉宵已經行動不便，鬼如果真的要復仇，為什麼不先找他？」小雪望著名單困惑不已，「卻要大費周章的把你們騙來，在競技場上屠殺？」

「我想，青霧鬼要的是認罪。」惜風緩緩出聲，這是她觀察得來的。「讓呂賢原決定是償罪，還是自由。」

「啊啊，真複雜。」小雪默默貼在牆上，又寫下狼這個字。「那匹狼也是奇了，一直在我們身邊繞，卻不曾對我們下手過……」

小雪！惜風用手掌頂了她一下，她怎麼自己招了？

「在妳們身邊繞？」游智禔已經聽見了，「妳們不是說牠衝著鐘先生來的嗎？」

啊！小雪對著牆懊悔不已，眼尾瞄著惜風，露出怎麼辦的求救狀。

「說吧，我也想聽。」賀瀟焱朝小雪頷首，「我一路跟著你們，只看見青霧鬼而已，很多事情遺漏了。」

惜風仰首，咬了咬唇。「你跟著？」

「一直跟著。」他笑了笑。

惜風露出甜美的笑容，立刻轉向小雪。「那妳就說吧！」

什麼跟什麼……游智禔眉頭都要打結了，他問就顧左右而言他，不然就閃避隱瞞，姓賀的一句話她們就理所當然的全說了！

最最最令他懊悔的是剛剛陷入了厲鬼的幻境中，利用亡靈與古蹟恢復古時情景，在看台上的他似乎是個貴族，身邊巴著一堆婀娜美女，倒不是行動受限，而是分了心！

直到發現在競技場上的是呂先生，又聽見惜風的叫聲，意圖移動身子時，卻被「妻妾」

控制了行動！害得他沒有及時在惜風身邊，千鈞一髮之際也來不及拉住她的手！

結果，那個姓賀的竟然來了，還讓他演了齣英雄救美！

嗯？等等，為什麼姓賀的可以進來？

小雪在那兒交代狼的事情，游智禔滿腦子想的是為什麼賀濔焱可以堂而皇之進入封鎖的羅馬競技場？惜風也交代了看見的異狀、哈耳庇厄及綠衣少女，也就是那青霧鬼。

「家破人亡啊……的確有足夠動機！」賀濔焱沉穩的望向驚魂未定的黃暐唐及陳姵伃，「兩位呢？怎麼害人家家破人亡的？」

「我……我沒有！」黃暐唐激動的立即反駁！「那只是誤會！怎麼能說是我害的！」

「我也沒有！」陳姵伃緊緊把兒子護進懷裡，「根本是欲加之罪，何患無辭！」

「問題是已經死三個人了，我想那個綠衣少女根本懶得管這麼多對吧？」惜風比了一個三，「算一算，你們三個還活著，也就是說總共會有六個人嘍？」

「不！不會的！」陳姵伃眼淚立即迸出，摟著安安哭泣。

唉，哭泣不能解決問題的，如果哭就可以解決事情，她能把眼睛哭瞎好換得死神的不再青睞。哼！

「黃先生。」游智禔鄭重的看向黃暐唐，「你說吧，總要有個人把話說清楚。」

黃暐唐臉色難看，帶著恐懼與悲傷，雙手掩面做了好幾個深呼吸，轉向牆面又捶又低吼的，才調整完情緒轉過身來。

「我們之間的關聯非常微小，小到根本不可能有人相信。」他沮喪的開口，「事情是從一年前一個心臟病發的女人開始……」

那一天，有個女人因為突然心臟病發而倒下，她的藥放在房裡忘記帶在身邊，因此延誤了時間；女兒放學回來時才看見倒在廚房裡的母親，立刻打電話叫救護車。

救護車接到報案後出車，司機卻因為正在跟女友吵架，所以沒有立刻出發，他看著同事在檢查儀器，心想可以再爭取幾秒，那天救護車延遲了四十秒鐘出發。

即將抵達目的地時，卻有輛車停在巷子正中央，車門敞開，車主忘了東西所以跑進去拿，導致堵塞；救護車高鳴警笛，但車主被催反而火大，故意放慢動作，出來後還對著救護車咆哮，並且堅持不退回車庫，要救護車倒退先讓她離開，因此延遲一分半鐘左右。

救人為先，救護車不能這樣耗費僵持，所以決定急速倒車，讓車主先離開再趕緊衝入民宅救人；抵達現場時患者已無呼吸心跳，經過 CPR 與電擊後恢復心跳，便趕緊抬上擔架送往醫院。

偏偏在馬路上遇到下班車潮大塞車，導致行動變慢不說，竟遇上有自小客車完全不讓道，不但阻擋在救護車前，還刻意緊急煞車，害得醫護人員與患者女兒都被摔得鼻青臉腫，患者也差點摔下擔架。

最後救護車廣播無效，車主還開窗比中指，好不容易找到空隙鑽出，一共延遲兩分鐘。

患者到院時回天乏術，宣告不治。

其女在醫院瘋狂大喊：她媽媽是被謀殺的！

「所以你是那個跟女友吵架的救護車人員！」小雪立刻指向黃暐唐，「延遲四十秒！」

他臉色慘綠，一臉悔不當初。「我想著才四十秒，只是四十秒——扣掉儀器檢查的時間，也不過二十秒……」

「但是你沒想到還有後面的一連串事故……」惜風看向陳姵伃，「妳呢？妳是哪一個？蠻橫的車主？還是擋道的自小客車？」

陳姵伃緊緊皺眉，淚流不止。「我那天不知道怎麼了，就是氣瘋了，我想只是拿個東西而已按什麼喇叭，當時根本沒有聽見救護車的鳴笛聲，我只當作有人惡意按喇叭而已，所以、所以……」

哦，是巷子裡堅持不讓的車主。

「那姓鐘的呢？」奇怪的受害者，撿回一命，卻失去了腿。

「他……才是最可惡的那個！他擋著救護車，還對我們比中指！」黃暐唐提起這個還有氣，難怪他一路上跟鐘祉宵的互動非常不快。「我拚命廣播說車上有急症病患，他還是不讓，還刻意一慢一快的想害救護車出車禍，最後事情爆開後又謊編一個躁鬱症的理由想脫罪！」

小雪轉過身拿紙墊在牆上繼續加註，惜風正在思考，那個少女就是死者的女兒嗎？她說家破人亡……母親死了之後，他們家發生什麼事？連她也身故了！

看起來沒幾歲啊，但是殺氣騰騰、怨氣沖天。

她認為每一個人的延遲與疏忽，造成了母親的死亡。

「那死在羅馬競技場裡那位呢？」賀濔焱還沒把順序搞清楚。

「他……」黃暐唐頓了一頓，得深呼吸才能繼續說。「他的女友那天跳軌自殺，害得捷運停駛誤點，所以患者的老公沒有準時回家。」

「嗄？」這個小雪有聽沒有懂。

「因為如果爸爸在家，就來得及拿藥給媽媽吃。」

哇……這牽扯得越來越大了！賀濔焱暗忖著，也就是說從頭開始，只要有牽連都得算？

剛剛的幻境他也身在其中，而且還大方的四處亂走，看著少女殘虐的屠殺呂賢原。

那少女年紀相當稚幼，恐怕只有十四、五歲，殺意堅決，逼問呂先生時振振有詞，因為他明知前女友要自殺而不救，才使得那女人真的跳軌，而跳軌影響捷運班次，所以導致父親沒有準時回家，沒能救母親一命。

少女原本就在補習後才會返家，所以被延誤的是父親……這是從救護車前就開始討債的想法啊！

「真要不得，依照那少女的想法，我看不止六個啊！沒有人知道中間還有多少阻礙者。」賀瀟焱訝異極了，「萬一捷運班次改了，她父親在出站的路上有人害他絆了一跤，那少女也要計入怎麼辦？」

「她看起來才十幾歲啊，怎麼想法會這麼扭曲？」惜風不明所以。

「拜託，就因為是青少年，想法當然扭曲啊！」小雪一臉理所當然，「青少年時期哪個人想法不偏激？爸媽是仇人，朋友才是一輩子，妄想症的好發期也是在青少年，這很正常吧！」

所有人望著小雪，瞠目結舌。

「我在律師事務所打過多少年工了，一堆青少年砍人砍父砍母砍老師的，全部都是青少年，講話超沒邏輯又自以為是，還有一堆會以妄想症抗辯！」小雪很理所當然的望向惜風，「妳還沒遇到這種案例嗎？」

「沒有這麼明確……」看來打工多了，經驗值果然比較高。

「這就糟了，感覺那青霧鬼打算進行大屠殺……」游智禔語重心長的搖著頭，「一定要快點祛除這妖魔才行。」

「厲鬼。」賀灝焱淡淡的說出兩個字，更正。

嗯？游智禔蹙了眉。「妖魔鬼怪都一樣，我們要進行驅魔。」

「淨化。」他挑了眉，「青霧鬼沒有附身在他們身上，你們怎麼驅魔？」

「驅魔不只是驅走附體的惡魔，也能祛除為害的邪魔！」游智禔雙手緊握拳頭，這姓賀的竟然挑戰神賜的能力。

「我的方法是鎮壓、收服或是斬除，像這麼兇的厲鬼，必須除之而後快。」賀灝焱勾著沒有笑意的笑容，正對著游智禔。「得要徹底消滅才有用。」

「神的力量可以達成一切。」游智禔抬頭挺胸，迎視賀灝焱。

無形的火花在空中交駁，東西方的宗教文化無聲交戰。

惜風拉了拉賀灝焱，這件事他不必插手，說到底這不關他們的事，黃暐唐也已向神父們求救，他不需出手。

不管什麼方式，如果能解決那青霧鬼便好。

「只怕事情沒那麼簡單呢！」

悠揚的女子聲音陡然響起，嚇得眾人倉皇尋找，惜風卻認得那女子的聲音，不一會兒，在豔陽高照的競技場內，出現一個美麗的外國女子。

賀濡焱登時蹙眉，打量著她。

「兇惡的厲鬼、騷動的靈魂，還有……死神的女人，這些元素聚集在羅馬城裡，真是有意思。」女子挑起千嬌百媚的笑容，黃暐唐看了有點痴迷。「再這樣下去，連古神明都要甦醒了。」

「妳是誰？」賀濡焱順勢將惜風往後推，他感應不出來這是誰，因為非鬼非魔非妖，怎麼看都是人……但他忖疑。

「我叫彌亞，你可以稱我為先知。」她微笑著，舉手投足都相當迷人。

「先知？」陳姵伃害怕的往後退，「妳中文說得真好！」

「呵呵……這是我的能力之一，我說義大利語，但聽在你們耳裡會轉換成熟悉的語言。」彌亞笑了起來，逐一掃視現場所有人。「我還有一項絕佳的能力，就是幫助你們解決困境。」

幫助他們……她的眼神最後落在惜風身上，與她四目相對，彷彿隱含著什麼無聲的話語……例如：她可以解決死神的事！

惜風微微趨前，後頭一掌扣住她的肩頭，小雪硬拉她回來。

「小雪？」她回首，氣音說著。

「妳不要衝動，這人怪怪的！」她挑起眉，不喜歡彌亞的模樣。

黃暐唐跟陳姵伃已經你一言我一語的要求幫助，游智禔則質問她是誰，為什麼可以進羅馬競技場，又如此胡言亂語；現場立刻分成兩派，對牆那邊吵得不可開交，賀濡焱這邊個個鴉雀無聲。

啪啪啪！一連串有節奏的拍掌聲傳來，自另一頭魚貫走來幾個神父，克里歐神父帶頭，他表情嚴肅的正對著彌亞，賀濡焱等人在中間分牆站著。

「她第一件能幫大家的事，就是帶路。」克里歐神父嘆了一口氣，「彌亞，請妳來做嚮導的，又在整人了？」

「嘻！」彌亞瞬間露出調皮的笑意，還吐了吐舌。「神父，你幹嘛挑這時出來嘛，一點意思都沒有了。」

小雪睜圓了雙眼，「嚮導？」

「嗯，她是彌亞，原本是我請的嚮導，希望她帶著你們四處走走。」克里歐神父責備般的瞪著彌亞，「怎麼搞出這麼大的事來！」

「還說呢，我照你說的到貝尼尼酒店去，可是等不到他們啊！忍不住問櫃檯，結果櫃檯說他們早就走了，還是雷歐內神父帶走的！」一改剛剛的神秘，彌亞變成一個俏皮的女生，倚在牆上無辜的說著。

「我們拜託雷歐內神父帶我們過來的，因為惜風說……她知道黃先生他們來到羅馬競技場。」游智禔趕緊跟克里歐神父解釋，「雷歐內神父不是去找您了嗎？可以問他。」

克里歐神父對著游智禔淺笑，但是笑容非常不自然。

小雪也看出來了，悄悄瞥了惜風一眼，她則往賀灤焱身上靠過去，那種山雨欲來風滿樓的感覺又來了。

「所以不能怪我喔，神父。」彌亞趕緊幫自己澄清，「你要我九點到，但是他們八點多就不見了啊！」

「我沒怪妳。」克里歐神父點了點頭，「所以妳就追到羅馬競技場來了？」

「嗯啊，門口的認得我，所以偷偷放我進來。」彌亞當然是說笑的，因為這裡的人都知道她是神父的專責嚮導。「一進來聽見這邊有聲音，就溜過來聽了。」

克里歐神父緩慢點著頭卻不發一語，身後幾個神父上前，刻意避開眾人開始私下討論；相關單位正抬走呂賢原的屍體，小心翼翼從別的門運送出去，也圍出了大封鎖線，不讓其他民眾發現。

至於地底的紅血仍然得待查明後再洗掉，畢竟羅馬競技場不能關閉太久，關閉一天就會損失大筆的觀光收入。

安安對著陳姵伃不解的問為什麼要待在這裡，他好熱又好想睡，陳姵伃蹲下身安撫他，黃暐唐逕自靠牆眉頭不展，他們有如砧板上的肉，隨時等著被處置。

至於青霧鬼為什麼能這麼做？賀濔焱說過，厲鬼是沒有理由的，不過這個厲鬼有著強而有力的理由，對她而言，一條命在幾分幾秒的延宕下葬送，當然要報復！

惜風現在質疑的是，為什麼鐘先生只被拔去小腿？就她而言，這種擋住救護車的人渣，應該要死得最淒慘才是啊！青霧鬼放他一條生路是為了什麼？

「青霧鬼跟妳有什麼關係？」賀濔焱輕聲問。

惜風搖了搖頭，事實上沒多大關聯。「只是剛好遇到黃先生他們，一道。」

「不過那匹狼一開始是看著我們的喔！卻跑去咬鐘先生。」小雪補充說明，「青霧鬼叫我們不要多管閒事……叫惜風。」

「狼？那匹狼跟著你們？」賀瀟焱皺了眉，他仔細端詳過那匹狼，不是妖怪。

「一進羅馬城當晚就看見了，從樓下的噴泉往上看著我們，看了好一會兒。」惜風其實也不知道為什麼，她不記得跟狼有過交集。「再來是剛剛，我跟游智禔進羅馬競技場時，牠曾擋道，加上哈耳庇厄的攻擊，接著我莫名其妙就在古羅馬的場景裡了。」

賀瀟焱沉吟許久，克里歐神父他們在不遠處仍舊神情凝重的在討論，靠在對面牆上的彌亞拚命的自拍跟哼歌，像是覺得無聊似的殺時間。

「你們知道羅馬的起源嗎？」良久，賀瀟焱提出了問題。

「羅馬的起源？」惜風搖頭，她不是個涉獵廣博的人。「我知道歷史，你是說羅馬大帝嗎？」

「啊！」小雪擊了掌，「羅馬的起源，羅穆盧斯跟雷穆斯！」

唉，再次重申，人不可貌相，用在葛宇雪身上剛剛好！

「羅穆盧斯跟雷穆斯？」這唸起來差不多嘛！惜風實在不知道小雪平常去哪兒涉獵這麼多，明明是同科系啊！

「羅馬市徽是母狼跟乳嬰的圖案喔！」小雪一臉興奮的模樣，「傳說中羅馬的建城者，是一個被母狼養大的孩子！」

傳說在公元前七或八世紀，羅馬國王努米托雷被其弟弟阿姆利奧篡位驅逐，孩子也被殺死，女兒西爾維婭與戰神結合，生下孿生兄弟羅穆盧斯和雷穆斯。篡位者把這對雙胞胎扔進台伯河裡，意圖淹死他們以絕後患。

但這對嬰兒卻被一頭母狼撿起，用自己的乳汁養活，後來則被一名獵人收養；兩兄弟長大後，自然殺死了篡位者，幫助外祖父重登王位。外祖父論功行賞，將台伯河畔的七座山丘送給兄弟倆建立新都城。

最後，羅穆盧斯私定城界，殺死了雷穆斯，以自己名字正式將新城命名為「羅馬」！這天便是公元前七百五十三年的四月二十一日，定為羅馬建城日，沿用至今。

「最近的新聞才報導羅馬城又挖到遺址，是一處洞穴，傳說就是那頭母狼哺育孿生兄弟的洞穴！」賀瀰焱便是如此才會想到狼。

「我沒看新聞。」她想，這就是她跟小雪的差別，人間的一切她總是不在乎，國際上發生什麼事跟她並無關聯。

「賀帥哥，你意思是，那匹狼就是那匹母狼嗎？」小雪咬著唇，這說不通啊！

嗯？惜風倒是不以為然，昨夜青霧鬼將小腿拽下扔給狼時，說了什麼……

『孩子餓了……』

「那匹狼剛剛也啣走手臂對吧？牠要回去餵嬰孩！」惜風突地瞪大雙眸，「如果古城的亡靈因我而騷動，那麼那匹母狼——」

「也因而又開始哺育嬰兒。」接話的不是別人，而是彌亞。「只不過那匹狼是被厲鬼驅使的罷了。」

賀瀿焱再度投以質疑的眼神，誰叫這位彌亞一下子詭異，一下子又人畜無害的模樣？

「妳知道些什麼？」賀瀿焱開口問著，但絕對沒有好口吻。

「我可是梵諦岡專責嚮導，知道某些東西理所當然吧！」彌亞說著，使用飛揚的語調。

「我剛說了，我都知道你們的問題，也能提供解決的方法喔！」

她眨了眼，看起來真的超可愛！

「彌亞，別鬧。」克里歐神父突然又折返回來，「妳不用當嚮導了，他們必須即刻前往梵諦岡。」

「現在？」彌亞圓睜雙眼，「哎呀，他回來了？」

「嗯，他年事已高，但聽了你們的事，加上血染羅馬競技場，這事不能拖，決定先處理！」克里歐神父請大家移動腳步，「我們有專車送你們前往梵諦岡，護照帶在身上了吧，該有的程序不能省。」

所有人都點頭，出門在外，誰不帶護照？

「鐘先生我們也會派人去醫院接應的，請各位放心。」克里歐神父以義大利語與其他神父交談，帶著大家陸續往電梯走去。

惜風自是挨著賀瀟焱一道，她趁著沒什麼人，悄聲仰首。「你怎麼進來的？」

剛剛若不是有雷歐內神父領他們進來，根本不得其門而入，為什麼他會這麼自然的出現在羅馬競技場裡？還能及時找到她？

「做什麼行業，人脈都是很重要的。」他自負的挑起一抹笑。

「人脈？」她不由得狐疑的挑眉，「你跟梵諦岡也有──」

「梵諦岡不會記得我這種小人物，事實上是跟某個業餘驅魔師有交情。」他微微一笑，「妳以為要進羅馬競技場只有一條路嗎？」

惜風咬了咬唇，沒得到答案有些懊惱，但是認識賀瀟焱多久了？他曾經出國參加什麼交流會，認識一些特殊人士更是理所當然……不過羅馬競技場還有別條路進出啊！真是讓人好奇。

才想著，見前方游智禔折返而回，卻面露憂色，整個人好像被什麼事打擊到似的。

「游智禔，你怎麼了？臉色很難看。」惜風出口關心，他根本恍神了。

子。

他抬起頭，可以瞧得出冷汗涔涔，雙手絞著心慌意亂，望著惜風就一副快哭出來的樣

「有什麼話慢慢說。」她輕柔的說著，「剛剛克里歐神父跟你說了什麼嗎？」

游智禔點了點頭，他這表情，黃暐唐比他還緊張。

「是說我們沒救了嗎？主啊……」陳姵伃果然沒三句話就要哭了。

「不是，是關於雷歐內神父。」他右手虎口遮嘴，喉頭一緊。

「雷歐內神父？」小雪左顧右盼，提到這個，才發現一直沒看見他。「他不是去請克里歐神父嗎？怎麼沒跟過來？」

「雷歐內神父昨天晚上遇害了。」

咦？

所有人腦袋一片空白，雷歐內神父……昨晚遇害了？

「什麼……那早上在大廳的那個……」小雪還跟他說了一堆話耶！聊了一路的天，甚至一起在羅馬競技場內找人啊！「到剛剛為止也都有看見啊！」

「有啊，早上就是他叫我們到羅馬競技場的啊！」黃暐唐緊張的說著，「他去敲呂賢原的房門，要我們速做準備的！」

「什麼？可是我們上午在找你們時，雷歐內神父人在旅館附近啊！對不對，智禔？」

惜風望向他，他只是悲傷的搖了搖頭。

「今天凌晨，他的遺體在許願池裡被發現了。」游智禔沉痛的說著。

曙光初現時，晨起的遊客發現的。

整個許願池被血染紅，雷歐內神父被撕成無數塊，散落在許願池中。

惜風終於了解，清晨那刺耳的鳴笛聲，所為何來。

那麼……如果雷歐內神父昨晚就已經身故，那麼今晨敲呂先生房門、以及在大廳與他們說話、甚至帶領他們到羅馬競技場的人……又是誰呢？

她始終睜著陰陽眼啊，那並不是鬼啊！

第六章

梵諦岡

梵諦岡是世界上領土最小、人口最少，宗教政治地位卻崇高的國家！位在羅馬城中，屬天主教世界中威望最大的國家，教宗駐地於此，世界最大的聖彼得教堂也在此，教廷擁有的驚人資產與藝術品，更是令人咋舌。

觀光人潮如昔日洶湧，外牆排了滿滿的人，但是惜風坐在車子裡，由車隊直接帶進梵諦岡；在醫院的鐘先生也被接出來了，他們坐在另一輛車，安安一直喊很熱很餓，在競技場時就一路哭，小雪神色不耐，幸好不坐同輛車。

進入梵諦岡城，有筆直的大道直接通往聖彼得廣場，惜風望著窗外的路上，依然多的是遊魂魑魅，並沒有與外界有太多關聯。

「我還以為這裡頭會很乾淨。」她喃喃自語。

「就算是萬應宮的院子裡也多的是浮游靈，那些說不定是希望能得到赦免的靈魂。」

現在窗子邊就趴了一個，賀濡焱不悅的皺眉，擋住他的風景了。

莫名其妙夾在中間的小雪嘛著嘴，她又沒有當電燈泡的興趣，為什麼硬要把她安插在中間呢？都嘛是游智禔，先讓惜風進車後，接著突然就把她推進來，擺明是要故意分開惜風跟賀濡焱。

真是太傻太天真，只是一趟車隔開有什麼意義嗎？

惜風望著遠方雄偉的聖彼得教堂，心情突然變得緊張起來，這裡真的能找到答案嗎？灰斗篷死神說過答案在她面前，但她就是參不透！

現下來到這麼遠的梵諦岡，就會有解決方法嗎？

深吸了一口氣，她發現自己的手在暗暗顫抖。

梵諦岡如果沒有結論，她要怎麼辦？

「灊焱……有沒有方法可以留住靈魂？」惜風突然開口，「一定有不讓靈魂被死神取走的方法！」

賀灊焱愣了一下，回頭看向她。

「祂是死神，不可能取不走妳的靈魂……除非，妳沒有靈魂。」他凝重的望著她，惜風雙眼卻閃過一絲希望的光芒。

如果她沒有靈魂的話，死神就帶不走了！

就像灊焱多年以前曾親手燒死的一個女孩般，只要剉骨揚灰，死神就沒有控制她靈魂的機會了！

「妳不要胡思亂想，我不會再一次允許這種事情發生！」賀灊焱的口吻變得惱怒。

「當無路可走時，我只能倚靠你！」惜風直起身子朝著他低吼，「我寧願剉骨揚灰，也不願永無生天的被掌握在祂手裡！」

「范惜風！」賀瀰焱怒眉一揚，後座頓時起了火花。

「停——」小雪趕緊一手遮一個，把他們的頭都往窗外推。「我們現在在梵諦岡，不把握時間參觀，浪費時間吵架做什麼！」

副駕駛座的游智禔已經看到眼珠子要掉出來了，整個後座都當他不存在咧，他怎麼聽不懂這些人的談話？惜風說得很悲痛，生不如死的生活，連靈魂也不想留了？

為什麼賀瀰焱就全然了解的模樣，聽得他火大！

「惜風，妳身上到底發生了什麼事？」游智禔憂心如焚的問。

惜風瞥了他一眼，搖了搖頭，又是緘口不語。

對賀瀰焱無話不談，每次他一問，大家就成了沉默的羔羊！這差別梗在游智禔心裡，實在不好受。

車子終於停了下來，他們非常順利的進入梵諦岡城，雖然避開參觀人潮的路線，但還是可以看見金碧輝煌的長廊跟令人讚嘆的藝術品，克里歐神父領在前頭，大家腳步是越走越慢，第一次來到梵諦岡的游智禔更是望著天花板瞠目結舌。

黃暐唐不甘願的推著鐘祉宵，失去左小腿的他臉色蒼白，對這些藝術性的東西根本就不熟悉，也無心觀賞這些畫作雕刻。

彌亞走在大家身邊幫忙解說，她的確非常了解文物古蹟，是個相當專業的嚮導，只是大家沒忘記前來梵諦岡的目的，觀光絕對不是重點。

「你們看天花板的畫，很獨特喔！」她指向拱頂天花板，上頭是一尊尊浮雕，美輪美奐。

「那是雕刻吧？不是畫。」游智禔讚嘆的說道，「是刻好再鑲上去的嗎？或是跟米開朗基羅一樣，躺在梯子上雕刻？」

「呵，那是畫，不是雕刻！」彌亞咯咯笑了起來，「在人物邊加上陰影，做成像雕刻的錯覺！」

咦？真的假的？一行人立刻瞪大眼睛張望著，怎麼看都是雕刻啊！

「你們等等走到廊底再回頭看，這整條走廊的天花板是平面的，如果是雕刻，就可以看見天花板有凹有凸對吧？」彌亞眨了眨眼，說得信誓旦旦。

於是所有人半信半疑的一路看著天花板的「雕刻」走到廊底，即將進入下一個廊道時回首，果然看見天花板的拱頂一片平坦，絲毫沒有凹凸起伏！

「接著往前看，這一條長廊的天花板上就是真的雕刻！」彌亞指向拱頂天花板，映入眼簾的確凹凸不平……所以說剛剛那廳真的只是利用光影，就製造出雕刻效果！

「超神奇的！」小雪立即興奮的手舞足蹈。

克里歐神父跟其他神父都不知道走到哪邊去了，大夥兒還在這裡慢慢逛，惜風也喜歡梵諦岡裡的藝術品，只是她心頭的不安仍舊縈繞不去，說不上來的怪異感覺……這梵諦岡的神聖，反而讓她有恐懼感。

緊接著左手邊的牆壁上掛滿了壁毯，織出來的畫作依然栩栩如生，真不愧是全世界藝術品密集度最高的國家。

「這張壁毯最特別，等等！」彌亞突然叫住大家，在十一點鐘方向的牆上有一張大壁毯，織畫出的是耶穌與兩名信眾的用餐圖，方形的餐桌上有著食物，主位坐著耶穌。「你們現在看著，大家是不是站在餐桌前？耶穌對著你們？」

所有人不約而同的點頭。

「那我們緩緩往前走，不管你走到哪邊，你永遠都在餐桌前，耶穌永遠都對著你喔！」

咦咦？通常這是不可能的事，因為畫是死的，怎麼會永遠都是一樣的角度？

小雪一馬當先，慢慢往前走，驚叫出聲，接著是游智禔，他就算走到前頭，回身再看一眼，畫在兩點鐘方向，耶穌竟然還是望著他，自己無論如何都站在餐桌前！

「我知道了，這是構圖手法，不是也有那種不管哪個角度都會看著你的法老王雕刻燈飾嗎？」游智禔在特殊的藝品店看過。

「好妙喔！」小雪來來回回，好像希望出什麼差錯似的。

惜風打趣的也回首望，果然不管站在哪裡，耶穌都還是面對著她……只是彌亞剛剛有提到，耶穌的眼珠子也會移動嗎？

壁毯裡的耶穌突然間浮動起來，酒杯翻倒在餐桌上，紅色的衣服轉成一團綠色，自壁毯裡冒頭出一團渾濁！

「哇呀！」連陳姵伃都看見了，立即尖叫出聲。

緊接著是黃暐唐跟鐘祉宵，他們紛紛驚叫起來，壁毯裡的耶穌臉部猙獰，恨意滿身，眼看著就要衝出壁毯裡一般。

遠在前方的克里歐神父回首，焦急的望向這兒的紛亂，立即回身走來，

「這壁毯有古怪！」游智禔指著壁毯喊道，眼看著克里歐神父加快腳步要疾走而至，廊與廊中間的門竟冷不防的關上了！

「大家往前移動！」賀濡焱喊了出聲，扣著惜風就往前跑。

小雪一馬當先，卻還有一段距離，就這麼眼睜睜的看著門砰的關上了！

陳姵伃失聲尖叫，賀澔焱一點遲疑都沒有，立刻回身往另一頭跑去，這條好歹也是觀光客必經之路，對方再厲害也沒辦法封住太久！

每一段廳距離不短，這一次賀澔焱沒跑幾步，就聽見關門聲了。

聲音在長廊裡迴盪，所有人頓時被困在富麗堂皇的走廊中，惜風雙眼依然盯著那張壁毯不放，她站在餐桌前，耶穌曾幾何時已經恢復原狀，現在只是一張普通的壁毯畫了。

但是他們現在的處境可不普通了啊！兩側的門都被封死，深色的木門看不見其他，只聽克里歐神父拚命的敲著門，卻不得其門而入！游智禔趕緊奔過去，他們隔著門縫在對話。

「這是怎麼回事！」鐘祉宵粗暴的大吼起來，「我們為什麼被關在這裡了？」

「冷靜一點。」黃暐唐安撫著大家，意圖走到另一頭的門去察看。「我處理過類似的事情，去看一下好了。」

他往前走沒兩步，左手邊忽然開啟一道光亮，這讓黃暐唐止了步，緩緩朝著左邊看去。

左手邊的門緩緩打開，外頭是庭院一隅。

「這裡有出口！」他指著門大喊著，眼看一步就要跨出！

「不要動！」惜風激動的高聲喊著，「那裡什麼時候有門的！」

咦？什麼時候有門的？黃暐唐縮起了腳，對啊，他不記得這裡有門……應該說大家一進來是先看屋頂上的雕刻，再看到左邊那壁毯，從進來的方向而論，全未留意到右手邊的東西。

所以右手邊的牆上有什麼？有沒有門，這些都不得而知！

惜風的提醒也讓他驚覺，這裡本來有門嗎？沒有……他不記得啊！

「彌亞，那裡本來有門嗎？」惜風轉頭找人。

彌亞一臉擔驚受怕的樣子，正在跟門那頭的克里歐神父對談，聽見惜風的叫喚，也只是惶恐一瞥。

「彌亞！那邊本來有道門嗎？」小雪放大了音量，直接走過去拉拉她。

彌亞緊皺著眉緩步走過來，望著那道開啟的門，面有難色的咬了咬唇。「好像有，可是這裡很多出入口是不會開放的，只有觀光走道是開著的……」

言下之意就是，她也不知道這扇門為什麼會開啟。

「有詐。」賀濎焱下了一個簡單的結論。

「不行，門無論如何都打不開，所有的磁卡與鎖都沒用。」游智禔也緊張兮兮的走了過來，「克里歐神父請我們稍等，已經請人過來看了。」

「最好是能等得到有人過來修。」賀濎焱挑了眉，這種陷阱般的伎倆，用腳趾頭想都知道，絕對沒好事。

「沒問題的，在這裡不會有事。」游智禔信心十足。

「你確定？剛剛壁毯都出現異狀了！」賀濔焱可一點都不放心，「別告訴我這是教宗腳下無鬼怪。」

「我是說……」

喀噠……細微的聲響引起了輪椅上的鐘祉宵注意。

他一個人被扔在走廊中間，聽見正後方有什麼聲音，緩緩回頭，他身後依然是佈滿壁毯的牆，中間有幾個小雕像，正後方是根圓柱，上頭擺放了一個小小的雕像。

那雕像是青銅做的，並不大，大概成年男子雙手掌心合併的大小，身子像是獅子，下半身旁邊卻長了像惡龍的刺，最詭異的是腰間還多長出一顆山羊頭！

真是莫名其妙的雕像啊！他仔細端詳，方才那聲音很細瑣，有點像……剝蛋殼的聲音。

喀……噠。雕像的獅尾突然輕晃了一下，鐘祉宵瞪大眼睛，一時以為自己眼花。

但是獅頭的鬃毛卻開始一根根緩緩波動了起來……不是眼花！鐘祉宵握著自己輪椅的輪子往前推。

「喂……各位！」他粗嘎的低吼著，「後面這個……這個東西是什麼！」

根本沒人在聽他說話，賀濎焱一步上前仔細觀察門外庭院的狀況，彌亞比誰都害怕的躲在最後面，惜風很仔細的環顧四周，陰陽眼搜尋著每個角落，小雪一副很想往外跑的模樣，黃暐唐等人自然是瑟縮在角落。

「喂！你們！」鐘祉宵低吼著，「看這裡啦！」

惜風蹙眉，實在不喜歡鐘祉宵的說話方式，她回頭看了他一眼，原本想當作敷衍，不料卻看見了紅色的火燄之氣，自某個雕刻後升起。

那應該是無形的，像是靈氣一般，璀璨豔麗，橘色的光芒像極了地獄門裡的岩漿！

最驚人的，應該是那雕像正在……甩頭？

「哈囉……」她動作不敢太大，輕喚著人。

「我感覺不到有什麼問題，庭院非常安靜，事實上現在我們周圍都非常安靜。」賀濎焱擰著眉心，表情見不到放心。「這並不是好現象。」

「教廷在這裡，怎麼可能有惡鬼敢造次，這裡的庭院原本就是正常安全的！」

「你從什麼時候起沒有再聽見克里歐神父的聲音？沒有聽見另一頭遊客的喧譁聲？」

賀濎焱睨了他一眼，「這庭院外一點點聲響都沒有，這種靜謐就是有問題！」

「梵諦岡原本就是肅靜的地方，隔音良好，所以……」

「噓！」小雪忍無可忍，用力噓了一聲，這兩個人是要尬到什麼時候啦！！

惜風眼睜睜看著那雕像活了起來，正在努力甩頭，身子中段莫名其妙的羊頭也開始在動了。

「灝焱……」她微弱的喊著，賀灝焱立即回身。

他越過小雪只走了兩步，立即看見那「解凍」中的雕像。「小雪，那是什麼？」

「咦？」小雪回身一看，瞠目結舌的差點跳了起來。

「低調。」賀灝焱騰出左手壓住她的肩，避免她又叫又跳。

「好炫喔，它有兩顆頭，還會動耶……但是我不認識。」她皺起眉望著他們，「你們以為我是維基百科嗎？」

「差不多，只是會動。」惜風還真的點頭，聳了聳肩。「彌亞。」

彌亞已經閃到門邊，全身抖個不停，從她恐懼的眼神跟緊咬著唇看來，大家應該已經沒路可以走了。

惜風望著包裹著雕像的靈氣，帶著危險的訊號。

所以賀灝焱帶著惜風往後緩步退著，游智禔完全呆在原地，他用顫抖的手指著那雕像，看來他認得。

「它在動？」

「快要全部能動了……」彌亞拚命搖著頭，「為什麼雕像會動，這是不可能的啊！」

「它動了會怎樣嗎？」小雪還站在原地，「也才不到三十公分大耶！」

「牠是喀邁拉啊！」游智禔臉色發青的嚷著，「是會噴火的怪物！」

小雪聞言，急速後退，動作大到喀邁拉火眼金睛一瞧，便急躁的想移動尚無法動彈的前腳！

連鐘祉宵也突然變得俐落起來，挪移自己的輪椅想往庭院衝。

『吼——』獅頭低吼起來，小雪跟著跳了起來。

「大家冷靜！先不要亂跑！」賀濂焱平穩的暫時掌控全局，制止了慌亂的黃暐唐及陳姵伃。「喂，你的宗教有什麼辦法能制住怪獸嗎？」

游智禔望了他一眼，內心其實紊亂又嚇得半死，但是注意到惜風也期期艾艾的望著他，他就不可以丟臉！

扯下頸間的十字架，他大步向前，開始低誦著禱文。

但喀邁拉冷不防向前晃動，後頭的彌亞爆出一聲尖叫。「哇呀！我不要！」

下一秒，她竟然就衝了出去！

人在恐懼中絕對會有連鎖效應，彌亞這聲尖叫加上往外衝，導致陳姵伃連思考也無的就抱起安安，跟著衝出門外！但是鐘祉宵更兇狠，他大手打橫的攔住陳姵伃去向，使勁一揮臂打在她肚子上，好讓自己的輪椅先行一步離開。

「啊……」陳姵伃痛得彎身，安安差點也被打到，黃暐唐一步上前扶住她，氣憤的朝著鐘祉宵開罵。

「你太過分了吧！」他一邊吼，一邊帶著陳姵伃母子往庭院衝。

大家接二連三的離開長廊，惜風再往兩端的門望去，緊皺起眉，握緊賀濡焱的手。

「我知道。」他往外望去，「現在出不出去都一樣了。」

「走不走？」小雪睜大雙眼，等待他們點頭。

「走吧！」握住惜風的手，賀濡焱帶著她踏出那道門外，小雪拍了游智禔的肩頭，催促他一起離開。

「我們不該……」他下意識往被關上的門那邊望去，卻什麼動靜都沒有。

但一個獰笑卻闖入他眼尾餘光，回首一瞥，那幅壁毯畫中的耶穌，露出了邪惡的笑容，高舉著杯子朝著他們敬酒。

他笑著飲酒，酒從嘴角滑下，鮮紅色的液體讓人分不清是酒還是血。

「游智禔！」小雪懶得催，伸手一抓把他拽出長廊。

『吼——』喀邁拉像是全身都能動了，四隻腳原地踏了幾步，蓄勢待發。

當游智禔離開長廊後，那扇門竟立即關上。

所有人站在圓形的庭院裡，這院子很小，由眾多建築包圍形成，共有四道門通往他處，扣掉剛剛逃出的那扇門，有三個……不知道能不能走的地方。

小雪忙著把背包放下，正在取出她的「寶物」。

門上是窗，透過玻璃可以看見那幅「神奇壁毯」依然在動，裡頭的耶穌甩下杯子，正逐漸走出畫中。

低吼聲陣陣傳來，圓柱桌上的小小雕像在咆哮，下一秒竟然噴出了一大團火——那火轟然炸開闔起的門，震碎了窗格上的玻璃，直直衝向站在最前面的游智禔！

「退後！」賀潚焱一個箭步上前，左手掌將他往後推倒，右手伸直向前，竟然硬生生讓火燄呈球狀向兩旁散開！

他指尖只是掠過庭院中間的水盆而已，感應著襲來的火，卻遺憾這火並非業火，若是地獄的業火就能任他把玩了。

但這火也不是普通的人間火燄，如果這傢伙是妖怪，大概就屬於妖火之類的東西……

橫豎是火，遇上他這善使火的人，根本不是問題。

只見賀灝焱手腕一轉，主動朝火燄上去，喀邁拉已經停止噴火，殘餘的火燄仍在空中，他手腕靈活的轉了兩圈，那火非但不熄，還直接在他的手掌心上繞著，彷彿在嬉鬧。

喀邁拉眼神不悅的瞪著他，彷彿不允許有人分享牠的火。

而壁毯裡的耶穌走了出來，此時形象已非耶穌，而是綠衣少女，女孩其實長得恬靜，中學生模樣，清秀正常。

『每個人都要為自己犯的錯贖罪。』她冷冷笑著，『你們以為逃到梵諦岡就沒事了嗎？』

「妳是什麼惡鬼，速速離開梵諦岡！」游智禔緊握著十字架，朝著她比劃。「此地不容妳放肆！」

『教廷教宗也不過是奉神之令而存在的，並不是神——』少女忿忿的瞪向鐘祉宵等人，『我在這裡是平起平坐的身分，誰也奈何不了我——去！』

去？惜風愣了一下，下一秒只見裡頭那青銅雕像冷不防衝出白色門扉，獅吼聲震耳欲聾，張大了嘴往黃暐唐衝去！

「蹲下！」

小雪忽然大喝一聲，一腳把游智禔往前踹，害得他踉蹌仆街！

緊接著鏗鏘聲響，她拿著手上的「法寶」直接朝喀邁拉揮了過去……這記安打非常準確，飛向了左外野，回到門後的長廊，喀邁拉直直撞上了牆！

裡頭自是一陣乒乓，所有人嚇得動彈不得，只有游智禔狼狽的從地上爬起，狠狠瞪著小雪。

「嵌」在牆上的喀邁拉再度脫離，這下子還待在原地不動的就是白痴了吧？

「快逃啊！」彌亞大喊著，旋身就往就近的門裡奔。

「大家不要分散！」賀濂焱厲聲吼著，拉著惜風往自個兒身邊的門口跑。「跟著我走！」

「幫我！幫我啊！」

他向左、彌亞向右，陳姵伃抱著嚇到嚎啕大哭的安安跟著彌亞跑進門裡，黃暐唐想跟著離開，但古道熱腸的他卻無法放下鐘祉宵，只好回頭再推著他追隨陳姵伃而去。

小雪跟游智禔當然是跟著賀濂焱，他站在門口讓大家往前走，自個兒殿後。

「小萌呢？」他不解的問前面的小雪。

「昨天在旅館就不見了！」她抱怨著，這時候有小萌就好多了。

賀濡焱殿後是為了阻斷喀邁拉追擊，火燄還在他右手上跳，喀邁拉再度躍至庭院，利牙上下格格作響，獅首向左向右的探查。

鼻孔裡哼出一股熱氣，牠倏而向右，追向了那些人。

「嘖！我就說不要分散了！」他嘆口氣，這壁壘分明，有罪的都是右邊，沒罪的都在左邊……

餘音未落，少女穿牆而至，冷冷的望著賀濡焱。

『我說過不要礙事。』

「我這人很反骨，討厭別人命令我。」賀濡焱笑著，一派輕鬆。「妳才幾歲，帶這麼大的仇恨復仇，下輩子怎麼過？」

『我只在乎這一生，我的家人、我的家庭！』少女咆哮著，扭頭就要跟著往右去。

「喂！東西還妳。」

嗯？少女一怔，疑惑回頭，只見賀濡焱倏地伸直右手，那纏繞右手的妖火瞬間傾巢而出，如一道火柱般衝向了她——

『哇呀——』少女恐懼的慘叫著，那叫聲真是尖銳難聽，她瞬間化為一團青霧閃躲，火柱卻筆直的朝右邊的門裡去了。

『吼——』帶著氣憤與痛苦的怒吼聲自右門裡邊傳來，賀濔焱揚起自信笑容，這火當然稍微加工過，加了點對付妖魔的符咒。

惜風等人都貼著牆不敢妄動，這門進來倒不是什麼廳，目前為止只是像山洞一般的甬道，大家不敢往前，惜風現在變成最裡面那位，望著眼前伸手不見五指的漆黑，實在不覺得這裡會是梵諦岡的一隅。

「濔焱，這裡太怪了。」惜風的聲音迴盪著，「沒有人氣也沒有陰氣。」

「我們被推到另一個空間了，就像在羅馬競技場時一樣。」他說著，緩步走回庭院裡。

大家迫不及待的跟出來，個個驚魂未定，游智禔緊緊握著十字架，他遭受的打擊比較大，那個惡鬼，竟然不怕他的十字架？

「為什麼鬼會不怕神的力量，上帝就在這裡！」他難受的說著，「梵諦岡是接受最多力量的地方啊！」

「那也得要這裡是真的梵諦岡。」賀濔焱嘆了口氣，仰首向天，天是灰的，雲是靜止不動的。

游智禔忿忿難平的抬起頭，激動低吼。「在門關上之前，我們的確是在梵諦岡裡啊！」

「不要為這種事爭論，反正這裡已經不是了。」惜風擋在他面前，「有時厲鬼是不怕這些力量的，就算是教廷，梵諦岡的人也只是人類啊！」

「惜風……我……」他緊緊握著十字架，從剛剛到現在，只覺得自己很沒用。

惜風掛上微笑，輕柔的包裹住他的手。「你崇敬上帝，就不要失去信仰，你自己說過，信仰是一種力量。」

賀瀮焱暗暗點了頭，就像他堅信萬應宮的一切，這也會成為他的力量。

「然後呢？我們就在這裡嗎？」小雪歪了歪頭，顯得很失望，一邊還轉著她的寶物。

「不去幫他們嗎？」

「去！」惜風無奈的笑了笑，「反正現在驅魔師也找不到我，不能替我解決事情了！」

「那走吧！」小雪跳躍式的行走，竟一馬當先的往右門前進。

賀瀮焱重重的嘆了口氣，「妳是不怕死嗎？還是沒用那鐵球扁人不甘心？」

「什麼嘛，只是沒有刺激，就不能算旅行啊！」她回首，斬釘截鐵的說著。

「……妳姊真的亂教……」

第七章

萬神殿

右邊的入口跟左邊一樣，是條陰暗的甬道長廊，游智禔也知道這不該是梵諦岡會有的情況，如果是各棟建築包圍起來的庭院，應該一入門就是另一個廳堂。

走了一會兒前頭出現光線，然後豁然開朗。

「哇啊……」小雪的讚嘆聲傳來，陣陣回音。

所有人魚貫走出，眼前一片光亮，他們身在一個圓形圓頂的建築內，偌大的廳堂一根柱子都沒有，怎麼轉都是圓形的，抬首望著天，屋底上方正中間開了一個圓洞。

「萬神殿……」游智禔讚嘆的口吻，「沒有柱子的建築，一切照明都由穹頂的圓洞耶！」

「真的耶！這裡就是萬神殿！」小雪也興奮起來，萬神殿裡有著各式雕像，最重要的是拉斐爾的墓也在這兒！

萬神殿的結構相當簡單，主體呈圓形，頂部則是一個大穹頂，屋頂上開了一個圓形大洞，這個洞正是萬神廟中唯一的光源，光線從圓洞流瀉而下，並會隨著太陽位置的移動而改變光線的角度。

大理石的地面上使用了格紋圖，並在中間稍稍突起，當你站在萬神殿中間向四周看去時，地面上的格子圖案會變形，造成大空間的錯覺！萬神廟整體建築都用混凝土澆灌而成，當時的人們是如何用混凝土建築出如此巨大的穹頂依然是個謎，這是現在的技術也做不到的事，才會被喻為羅馬建築藝術的結晶！

「這是建築學上最有名的聖堂，因為沒有柱子卻能如此堅固，而且完全不需要時鐘，日光從穹頂射入後就成日晷，只要看日光指向哪個方向，就知道現在幾點鐘了。」看來游智禔也做過一番研究，看來欣喜若狂。

「咳！」惜風打斷了一搭一唱的兩個人，「我請問一下，萬神殿原本就在梵諦岡內嗎？」

怎麼想都是不可能的事吧！這兩個人是興奮過頭了嗎？

此言一出，賀瀰焱重重的嘆了口氣，搖著頭往四周探視，小雪跟游智禔正面面相覷：對响，萬神殿怎麼會在梵諦岡裡呢？

「黃先生？鐘先生？」惜風也開始找人了，這麼大的圓形殿堂，怎麼會只有他們幾個？黃先生……鐘先生……殿堂裡傳來她的回音，讓惜風很不自在。

這裡根本沒有能躲人的地方，出口只有一個，其他人能跑到哪裡去？小雪筆直走向門口，那是扇高大緊閉的青銅門，她很自在的拿起相機拍了幾張，然後緩緩蹲了下來。

「噓……」她噓了好長的音，引起大家的注意。「你們聽。」

聽？惜風跟小雪趕緊噤聲，因為他們的呼喊仍舊在這萬神殿裡交叉的迴響，鐘先生……陳太太……安安……你們在不在啊……在不在……在啊在啊，我一直在這裡啊！

「咦？」惜風一顫，立刻看向游智禔，誰？那是誰的回應！

滴答滴答……滴答滴答……天空竟然下起血雨，一滴滴鮮血自穹頂洞口滴落，落在正下方的地面，但這高明的建築當時就在地面設計了排水孔，很快的把血水排掉了。

游智禔伸出手，打算把惜風拉過來離排水孔遠一點，但是賀瀰焱更快，早將惜風拉到身邊，步步後退。

「咻！」他用氣音揮著手，要游智禔也趕緊退後。

他厭惡的看著賀瀰焱，他幹嘛一副趕蚊蠅的模樣，看了就討厭！

只是才在想，卻發現血越滴越多，越滴越快，他仰首望著，發現落下來的漸漸不只是血，還有肉條……肌肉……內臟？

啪嚓！一大團東西自穹頂掉落，小雪一把逮住他的後衣領向後拽！

肉塊一層層疊在地上，最後有顆頭落了下來，不，不單單只有頭顱而已，還連著頸子跟右肩胛一塊兒摔落了。

緊接著門外傳來叫嚷聲，小雪跟游智禔急急後退直到靠上了牆，賀瀰焱也拉著惜風往暗處躲。

門砰磅被推開，衝進來的是黃暐唐，狼狽緊張，身上還有明顯的燒傷！

他回身拉過鐘先生的輪椅，陳姵伃跟著衝進來，一個踉蹌倒地，安安滾出她的懷抱。

「哇呀——哇哇哇！」安安哭得泣不成聲，明顯是被嚇著了。

隨手把鐘祉宵扔著，黃暐唐趕緊回身把門關上，幾個人氣喘吁吁，每個人臉上手上都黑黑的，上氣不接下氣，衣衫狼狽不整，看來他們是逃到這萬神殿來的。

所以……賀濎焱往出口一看，這出口會變。

「別再往前。」他率先出聲，自暗處走了出來。「地板上有東西。」

「……你們也來了？」黃暐唐喜出望外，但一聽到地板有什麼，視線也跟著往前看。

跌在地上的陳姵伃坐了起來，恰巧能清楚的望向地板上「蠕動」的一團血肉，那團東西似乎正在重組，搖搖晃晃的。

「你們剛剛去了哪裡？發生什麼事？」惜風趁著空檔問。

「我們到了一座廣場，空無一人，但是水池裡很多硬幣，我想或許是許願池吧！所以我們投了硬幣許願，希望可以贖罪……」黃暐唐聲音又哽咽起來，「但是許願池把硬幣還給我們了……」

「他媽的池水都變紅色，那個會噴火的怪物突然殺過來，姓黃的就拉著我跑，害我差點摔下輪椅！」鐘祉宵抱怨。

「有本事你可以自己站起來跑啊！」惜風冷冷的瞪著他，真是得了便宜還賣乖。「何必依靠人對吧？」

鐘祉宵直接咒了惜風三字經，說那什麼話，他是病人啊，他失去了一隻小腿怎麼跑？

「要是我才不想推他走。」小雪低喃著，姊說要仗義，但這種咖根本不值得拿自己的命去冒險。「就把他放著就好了，又不是沒有手，不會自己推著輪椅跑喔？」

游智禔瞥了小雪一眼，無法否認自己也有同感，從一開始他犯的罪就最讓人髮指，到現在依然不知悔改，還把熱心助人的黃先生當成應該……

『咳咳……咳咳咳……』地上那團肉塊終於出聲，勉強組好了上半身，雙手撐著地面開始劇烈咳嗽起來。

血卡住喉嚨跟肺部，讓那肉塊咳得難受。

『嗚……』她抬起頭，滿是血的臉嚇得安安魂飛魄散。『好痛……』

「這又是什麼？」惜風蹙眉，總覺得有點眼熟。

『救我……救救我們……』她似在哭泣，聲音嗚咽。『她的恨意好重，誰也阻止不了！』

「那個少女嗎？」賀濤焱大步跨前，他打量著地上的屍塊，這個死者的死狀真慘。「妳是怎麼死的？」

「我見過她，在台灣時曾拍窗向我求救……我以為妳已經不在了。」在咖啡廳外，那個被搾碎的靈魂。「她被青霧鬼絞搾，像搾果汁一樣變成碎肉汁。」

「喔……」賀濤焱緩緩點頭，「靈魂不會輕易消失，青霧鬼是在折磨她的靈魂……會痛吧？死靈！」

『嗚……』女人哭了起來，『好痛苦好痛苦……她不會那麼輕易放過我們的！』

「這到底是誰啊？」小雪也好奇的指向女人，卻是在問黃暐唐他們。

他們紛紛搖頭，鐘祉宵還露出嫌惡噁心的表情，陳姵伃抱著嚇昏的安安發抖，沒有人認識這個女的啊！

「啊……」惜風倒抽一口氣，「妳該不會是跳軌自殺的女人吧？呂先生的前女友——曾郁芳？」

在羅馬競技場時，少女曾喊過這個名字！

聞言，曾郁芳一顫，抬起頭來望向惜風。

不抬還好，那張臉面目全非，實在讓人不怎麼舒服。

「已死之人在這邊做什麼？」賀潚焱不解的是這點，而且老半天了，青霧鬼跟喀邁拉都沒有現身。

『我被困著，死後一直被那女孩抓著，救救我！』曾郁芳伸長了手，朝著賀潚焱發出求救般的哀鳴。『我受不了這樣的折磨，我真的……』

賀潚焱冷眼望著她，對於自殺的人他實在不知道該說什麼，當初選擇跳軌不就是希望一了百了嗎？絲毫沒有在意到捷運通勤的人、沒有為上下班或上下課的人著想、也沒有為司機設想……是，因為自殺的人擁有無敵的理由：她都已經想不開了，哪有辦法顧慮別人。

因為這個理由，因為死者為大，他們做什麼事都不需要被追究。

他根本不需要思考，也不打算救這個人。

「妳選擇自我了結時，應該也思考過死後的世界了。」他挑起微笑，與他無關。

惜風沒有什麼反應，只是想著死意堅決的人，身邊擁有的死意會非常的多，她上次的死意已經都賄賂光了，真可惜沒遇上這個跳軌自殺的女人。

『我不知道這麼痛苦，我不知道……不知道會遇到那個女孩！』曾郁芳痛哭失聲，望著賀潚焱跟惜風，他們卻只是手牽著手越過她身邊，往門的方向去。

黃暐唐雙手握拳的看著他們，那個的確很可怕又很噁心，也知道她不是人，但是她都開口求救了，為什麼他們都無動於衷呢？

「你們怎麼這樣？」黃暐唐有點惱怒的瞪著賀濔燚，「她都哭得這麼難過了！」

「那是她自己的選擇，本該自己承擔。」賀濔燚瞥了曾郁芳一眼，「你看不過去，就去幫她吧！」

惜風明白黃暐唐的善良之心，自己不便阻撓，只是如果哭得傷心難過就值得被拯救，那她願意天天落淚。

黃暐唐深吸了一口氣，竟鼓起勇氣往前去。

「姓黃的你傻了吧，現在都泥菩薩過江了，還想幫人？還是個死人！」鐘祉宵氣急敗壞的嚷著，他急的只是沒有人幫他推輪椅。

游智褆也於心不忍，他悄悄上前，希望能為女人做點禱告。

小雪啥都不會，她的護身符是拿來重要關頭用的，要怎麼幫死人她不知道，而且也不怎麼想管，每個人都有過不去的難關，但是公共場所跳軌？影響一堆人的做法她也不苟同。

『啊——』曾郁芳突然驚恐的慘叫起來，『不不——不——她來了來了！』

賀濔燚手上纏了兩圈佛珠，他已經感覺到了，才拉惜風遠離女鬼處，小雪緊握著她的雙鏈球，站在拉斐爾墓前，一旁的巨大聖母彷彿厭惡的皺起眉頭。

黃暐唐跟游智禔都嚇了一跳，他們站在距女鬼一公尺處不知所措，陳姵伃失控的痛哭著，安安尖銳的哭叫著他想回家，鐘祉宵則緊緊握著自己的輪椅，全身抖個不停。

惜風環顧四周，留意到的是少了一個人。

「濰焱，還有一個人不見了……」

「我知道，彌亞，她衝第一個又慌亂，說不定又跑到別的地方去了。」賀濰焱輕嘆一口氣，「我不擔心她，一來是她熟悉羅馬，二來她應該不是加害者。」

啊……對！惜風默默點頭，青霧鬼雖然殘虐，但是少女並非無差別殺人……她的目標，是害她家破人亡的人。

只是她很想知道，那少女的母親心臟病逝世後究竟發生了什麼事？為什麼連少女都已經是孑然一身的厲鬼？父親呢？親人們呢？

一陣黑影倏地自穹頂圓洞掠過，引起陳姵伃一聲驚叫，她連滾帶爬的抱著安安靠上牆壁，那洞口冷不防衝下了疾速的黑影，口中一噴火，燒上了驚恐亂叫的曾郁芳。

『呀——哇啊啊！』曾郁芳痛苦的扭動身軀，原本就殘缺的屍塊再度剝落，最神奇的是，現場還能聞得到燒烤屍身的味道。『救我——救我！』

惜風倒抽一口氣，緊緊握著賀瀰焱。「她不是已經是鬼了嗎？」

「對，但喀邁拉也不是人，是妖獸，所以可以輕易的傷害她。」賀瀰焱看著洞口出現的青綠霧氣，「而且我覺得有力量刻意讓那女人維持人類的知覺。」

「滾開！」游智禔不知哪兒來的勇氣，拿著十字架對喀邁拉揮舞。「奉上帝之名，我令你離開這個女人！」

『吼——』喀邁拉忿怒的大吼著，獅頭一轉，明顯懼於十字架的力量，但是腰側那顆羊頭卻猙獰嫌惡的瞪著游智禔，冷不防一張口——轟——

所有人都傻了，喀邁拉噴火的竟不是兇猛的獅頭，而是腰間單獨長出來的羊頭？是那顆公羊頭在噴火，這也太詭異了吧！

「哈哈……哈哈哈哈！」賀瀰焱忍不住笑了起來，「太妙了！太妙了！」

「哇啊！」火燒上十字架，燙得游智禔哀哀叫，他縮回手甩著，黃暐唐飛快上前用外套包住他的手想滅火……可是，那火燒出了衣服，燒得游智禔慘叫不已。

「水……我有帶水！」小雪俐落的讓背包自肩頭滑下，急急忙忙的要拿水。

賀瀰焱突然輕快的衝向兩個被火燒上身的大男人，惜風趕到小雪身邊壓住她的手，輕輕搖著頭，嘴角噙著笑意，對於火，有瀰焱在根本不是問題。

只見賀潺焱一把拉過黃暐唐，右手抹過他手上的火，只是摸過而已，火就全數消失，轉而在賀潺焱的手上燃燒；游智禔的情況亦然，他僅僅用雙掌包握住那被外套裹著的手，就將所有火引到自己手上了。

『又是你！護著這些人究竟是為什麼？』少女冷不防的開口，她奇妙的身著古羅馬服飾，手持短劍，佇立在賀潺焱身後。

「妳才妙，游智禔跟這件事無關。」賀潺焱雙手都閃耀著燦燦火光，他卻不熱不叫。

『他自己要招惹喀邁拉的。』少女挑眉，意思是說他自作自受。

「隨妳說！」賀潺焱回首，「游智禔，繼續驅趕喀邁拉，牠怕你的十字架。」

游智禔把黃暐唐的外套拉了下來，手都燒紅起水泡了，他改以左手拿著十字架，忿忿的逼近喀邁拉；青銅喀邁拉果真退後幾步，數次意圖噴火又不敢太趨前，就這麼閃閃躲躲。

『別妨礙我就是了。』少女瞪向地上被火燒焦的女人，『曾郁芳，妳以為自私的跳軌自殺就沒事了嗎？妳不曾想過自己害了多少人？』

『我沒有……我……』曾郁芳拚命搖著頭，好痛好痛。

『妳害得等那班捷運的人嚇得魂飛魄散、害得幾個學生做惡夢、害得司機無法再開車……也害我爸爸沒有準時回家。』她該是清亮的雙眼無神的望著曾郁芳，卻絲毫不聚焦。『來不及拿藥給我媽媽吃……』

『我不知道啊啊啊——』曾郁芳原本的低語變成淒厲的哀號，『不要這樣！為什麼要這樣對我，我的人生已經夠慘了！為什麼死後還——』

曾郁芳忽然痛苦的扭動起來，她歇斯底里的慘叫聲讓安安嚇得摀起雙耳，陳姵仔緊閉上雙眼埋在孩子懷裡，她不是故意的，真的不是，就只是一時鬼迷了心竅，心情焦躁了些……

這罪不致死啊！

賀濷燚沒有展開攻擊，正如青霧鬼說的，他們與這件事無關，所以少女不動他們，他也就不妄加襲擊，在這種無法控制的情況中，不要增加敵人就等於是增加朋友。

惜風看著曾郁芳痛苦掙扎，也注意到她詭異的動作，她似乎正在後退……而且逐漸變小……啊啊！

惜風緩步上前，看著雙手抓著地板的曾郁芳，指甲在地板上抓出了刻痕，卻還是阻止不了那股將她向「下」拖去的無形力量。

「她流進排水孔裡了？」惜風狠狠倒抽了一口氣，剛剛那排水孔只是四個小洞而已啊！

排水孔？小雪立即蹲下身來看，但一大團屍肉堵在洞口什麼都看不見，只聽得見可怕的慘叫，黃暐唐呆站在原地嚇得動彈不得，他不明白那慘叫是為了什麼，直到聽見惜風的話，還不斷安慰自己不可……能？

都什麼時候了，怎麼還有不可能的事！

『一點一滴的為自己的錯贖罪……』少女帶著恨意看著曾郁芳漸漸往下「流」去，眼神微微的瞥向了左方。

陳姵伃的方向。

只是一瞬間，但賀瀟焱還是看見了，少女瞪向了門口，殺氣隨之迸出，是鐘祉宵？還是陳姵伃？

曾郁芳是鬼，靈體消逝得很快，等到她的屍塊所剩無幾時，可以清楚的看見惜風猜測得沒錯，她的靈魂果真被一股強大的吸力吸往排水孔去，進入那又細又小的縫裡，靈魂的痛楚他們不明白，但從曾郁芳的慘叫聲可以感受得到，那只怕是更甚於椎心刺骨的痛。

最後一塊軀幹是頭頸與肩，惜風選擇別過頭去，就算是靈體，她也不想看一顆圓圓的頭塞進那縫隙的模樣。

「救她！救她啊！」黃暐唐忽然暴吼起來，衝上去要抱住曾郁芳的頭。

「住手！」賀瀟焱一個箭步上前攔下了他，「不能碰她！」

「為什麼？你們怎麼這麼冷血！她會死的！」黃暐唐氣憤的咆哮著。

「『她』已經死了，那只是靈體……你是活人，不能輕易碰觸這種被下咒的靈體。」賀濡焱僅僅只使用左手，就制住了他。

火不知何時已移到他的右手燃燒著，未曾熄滅，也沒有越燒越旺的跡象，他就只是備而不用。

黃暐唐被一把推了向後，忍痛的背過身去，聽著曾郁芳虛弱的求救卻無能為力……游智禔把目光集中在喀邁拉身上，他只能盡量不讓牠靠近大家而已！

鐘祉宵連罵了好幾句三字經，青霧鬼淡淡瞥了他一眼，嘴角揚起的笑意讓賀濡焱也不自覺打了個寒顫。

若說最嚴重的過失，的確是鐘祉宵造成的，他不懂這傢伙為什麼還會活著？有時候死亡說不定真的是種解脫。

『輪到妳了，陳、小、姐。』果不其然，青霧鬼喚出了下一個人的名字。『陳姵伃。』

「唔……」陳姵伃倉皇失措的仰首，恐懼的望了青霧鬼一眼。「不不不——我不是故意的！只是進去拿個東西，我只是……」

『妳害死了我媽媽，總是做點心給你們家的好媽媽。』

「不——」陳姵伃全身顫抖不止，緊抱安安，貼著他的身子大哭大喊。「我會為她誦經……也為妳……」

她喊著，突然一怔。

「王伊萍……妳死了？」這是所有人第一次聽到少女的名字，「妳什麼時候死的？」陳姵伃的雙眼盈滿困惑，彷彿這並不是個該死的少女，或是已死的女孩。

單就之前的陳述可以得知，陳姵伃是少女的鄰居，連她都不知道少女已經死了嗎？從第一個邋遢大叔死亡至今，已經快一年時間，怎麼會沒人知道這個少女已死？

話說回來，邋遢大叔又是誰？

『輪到妳了。』王伊萍自然沒有回答問題，筆直的走向陳姵伃。

鐘祉宵慌亂的移動輪椅閃得遠遠的，就怕跟王伊萍照面似的，但是她仍舊斜眼瞪著鐘祉宵，依然露出令人不寒而慄的笑容。

「我誦經、我祈禱……妳想要哪種宗教我都依妳！我一定好好的超渡妳們！」陳姵伃緊扣著兒子往牆角縮，「我求求妳放了我，放了我——」

『我媽媽連求救的機會都沒有。』王伊萍冷冷的笑著，『妳因為個人的情緒私欲，害死了一條人命，救護車的警笛為什麼又急又響？就是要告訴妳人命關天哪！』

為什麼可以充耳不聞？為什麼可以緩緩倒車？為什麼可以無視一條性命？因為那不是自己的親人！

「我一時鬼迷心竅……」

『今天如果是安安的話，妳就不會這麼想！』王伊萍激動的破口大罵，『哈耳庇厄！』

面對她突然召喚哈耳庇厄，大家都傻了，一大群哈耳庇厄密密麻麻的從穹頂飛進來，直直撲向了陳姵伃。

惜風見狀，忍不住握拳上前。「每個人都有犯錯的時候，難道不能讓她彌補嗎？」

『我母親的命誰來補？我家人呢？』王伊萍倏地回首大吼，『為什麼大家永遠只在乎活著的人！』

「因為他們活著。」賀瀰燚從容的走到了陳姵伃面前，甩動著右手的火，畫出一個大圓，瞬間燒掉第一批衝至的哈耳庇厄。

騰騰殺氣立刻自王伊萍身上迸發，『你是說死了活該嗎！』

「不，生命都是可貴的，但活的人還擁有。」賀瀰燚以殘餘的火燄築出一道薄圓形的結界，「得饒人處且饒人，把這些人都殺了也無濟於事。」

『不要跟我說那些堂而皇之的大道理！不管生或死，他們都要為自己犯的錯負起全責！』王伊萍果然說不通，『用生命來賠償三個人的人生！』

她突然自腰間抽出短刀，那匕首的刀鞘有刻紋裝飾，有機會還真想問問她，都成鬼了，去哪兒租這麼道地的戲服？

賀濂焱本來不打算插手的，但是惜風剛剛說話了。

她動了不忍之心，明明不關他們的事，她卻希望陳姵伃活著、黃暐唐活著，可能的話鐘祉宵可以順便活著，她的希望他接收到了，所以他必須為她出手。

不是因為這個女人喜歡他，而是因為……他也喜歡她。

這是分開之後得到的結論，如果對待范惜風只是贖罪，只是過去影子的替代品，只是想要藉由拯救她達到拯救自己的目的，那冷靜過後他的心態會不同。

與惜風斷絕聯絡，他回到萬應宮過著平常的生活，心卻無法安定，無時無刻不想著那在死神掌握中的她，想著總是眉頭深鎖的她，想著那個眼神充滿悲哀的她。

有那麼幾次，他發現自己總是想著的身影已經被替代了，甚至忘記悔恨、忘記耳提面命的責備。

滿腦子都在想著死神的事，身為靈能者有沒有辦法應付這樣的神？是否會螳臂擋車？

死神又為什麼可以任意掌握人的生命與靈魂，當成寵物，還可以控制餘生及轉世？

他召了各界鬼魂來問，就是得不到答案，找不到解決之道。

這便讓他更加心急，因為惜風一次見面比一次更加動人，她清麗的臉龐因為他而亮了起來。

死神不會不知道，大家都心知肚明，惜風的時間快到了。

「濔焱！」惜風緊張的大喊著，王伊萍太可怕了，完全無懼於她的力量——過去的死靈都會畏懼她身上死神的力量啊！

王伊萍手上的匕首出鞘，令人驚訝的竟是全黑的彎刀，一瞬間就劃開了賀濔焱的火陣結界，他被那刀子嚇到了，因為那柄刀並不是破了結界，而是「吸收」了他的力量！

他最討厭這種東西了！

王伊萍反手握刀，直朝著他劃去，賀濔焱俐落的閃躲，長佛珠滑出袖口，抓準機會咻咻的纏上王伊萍的手。

她瞬間露出嗤之以鼻的眼神，『這是東方的佛珠，你以為這對我會有——哇！』

佛珠烙上王伊萍的手，她疼得大叫，步步後退之後，舉起手來竟然是一顆一顆的焦痕。

『不——怎麼可能！』她不可思議的望著自己的手，『我已經皈依西方神祇……

哈耳庇厄！』

她忿忿的閃開，又一大批哈耳庇厄聽令襲向賀瀰燚——以及陳姵伃。

「不……瀰燚！」惜風急欲衝上前，哈耳庇厄會懼怕她嗎？她沒試過，但總要試試看！

陳姵伃趕緊背向外頭，把安安護在懷裡，賀瀰燚點燃打火機再築出火界，但哈耳庇厄數量眾多，從洞口不停的飛進來，幾乎是源源不絕。

聽著惜風為賀瀰燚擔心受怕，游智褆一整個羨慕不已，但是喀邁拉蠢蠢欲動，左跑右閃的，他巴不得把十字鍊套到牠頭上……咦？

對呀！套到牠頭上去！

「黃先生，我要你幫忙！」不管當誘餌或是幫忙困住喀邁拉都好，他要找機會把十字架套上去！

「好！」那邊他們無能為力，但黃暐唐能做的就會盡量做到好！

另一頭的惜風一骨碌衝進了哈耳庇厄群中，感受到利爪的攻擊跟女人尖牙的咬齧，她雙臂一張，厲聲一吼——「停——」

『停——』

力拔山河的聲音陡然傳來，聲音渾厚扎實，震耳欲聾，在萬神殿裡傳來的回音更是震懾心肺，所有人莫不遮住雙耳，一顆心為之震撼，振翅的哈耳庇厄全數停止動作，紛紛迅速著地，恭敬的蜷縮伏首。

喀邁拉也不敢造次的伏低身子，游智禔見狀趕緊趁機把十字鍊套上去，獅首與羊頭分別睨了他一眼。

不知道誰在說話，所有人望著萬神殿裡的壁龕，那聲音還在腦子裡……或是殿裡迴盪。

咚——牆上傳來一陣撞擊，其中一個壁龕裡傳來聲響，粗壯的手捶向牆，一座雪白的雕像走了下來。

每一個人都傻了，大家待在原地，剛剛說話的是雕像嗎？

「喔買尬！」小雪暗暗倒抽一口氣，「那是戰神。」

惜風瞪大了雙眼，賀濡焱覺得不可思議，離雕像最近的游智禔跟黃暐唐根本傻了，只是感受著地板的震盪。

王伊萍倒是迎上前，賀濡焱沒見過這麼無懼的厲鬼。

「MARS！」

第八章 許願池

戰神，惜風瞠目結舌的看著正「望著」王伊萍的雕像，雕像會動會說話就算了，但它現在看起來就像是個正常人……扣掉慘白的肌膚。

戰神望著王伊萍果然不悅的皺眉，她亡靈的身分很容易辨別，但接著往地面望去，曾郁芳留下一灘流不盡的血肉，竟反而引起祂的勃然大怒！

『誰敢污染殿堂！』祂握緊雙拳吼著，同一時間，幾乎所有壁龕裡的雕像都活了起來，凱撒大帝傲視著一切，巨大聖母皺起了眉。

『誰？』

『那還不像人類的血啊！太骯髒了！』

面對著異象，大家不約而同的往後退向門口，下意識的聚在一起，惜風直接往賀濡焱身邊去，低聲問著：這樣正常嗎？

「問他。」賀濡焱用氣音回著，下巴點向根本發傻的游智禔。「那是他們宗教的神。」

小雪蹲低身子，上前戳了戳游智禔，叫他代表去解釋。

『究竟是誰？』戰神氣急敗壞，惜風第一次看見雕像也有神情，因為祂正在咆哮。

游智禔被往前推了兩步卻說不出話，仰望著高大的戰神與聖母，只是啞口無言。

「哎喲！」小雪忍無可忍，直接踏了出去，手指向王伊萍。「就是她！虐待已經死亡的靈魂！」

小雪！惜風完全沒有拉住她……不，是根本沒想到她會這樣走出去。

『妳？妳這個狂妄的死靈！』戰神手執盾牌，眼看似乎就要掃掉王伊萍。

『住手，我可是得到許可的！』王伊萍面露恐懼，她畢竟是鬼，終究會畏懼神。『請您查清楚，我是得到特別復仇許可的！』

『嗯？』戰神依然面露兇光，這原本就有暴力傾向的神祇，打量著王伊萍，一旁的聖母慈藹的望著祂，搖了搖頭……

然後，聖母緩緩的轉向了人群。

『我可以任意復仇，這是許可。』王伊萍在戰神面前亮刀，祂立即舉盾。

純黑彎刀映在戰神面前，祂瞬間露出嫌惡的神情。

「你們是神吧？這種厲鬼可以這樣放肆嗎？」小雪想藉神之手解決掉王伊萍的樣子，惜風卻看得心驚膽戰。

『是塔納托斯。』戰神轉向巨大聖母的壁龕，顯得很為難。

塔什麼東西？小雪有聽沒有懂，但是看樣子王伊萍似乎真的得到復仇許可似的……在中國，這種叫做「黑令旗」吧！

哇咧，有了許可就可以這樣屠殺嗎？真的要說，她覺得黃暐唐最情有可原，陳姵伃跟鐘祉宵比較可議，但真的是他們害死了王伊萍的母親嗎？或者她早就命該絕？

惜風咬了咬唇，這時候她就很想要問問死神，給王伊萍一個答案。

『那邊也有塔納托斯的氣味。』聖母微微一笑，雙眼定定看向了惜風。

戰神跟壁龕裡的神祇立即望過來，賀濰焱直覺的將她緊扣在懷中，不允許任何人動她一根寒毛。

她背貼著他的身子，身前橫過緊錮著的手臂，再扣住她的左臂，被緊護著的惜風嚇了一跳，不是因為被神像注視，而是身上強而有力的摟抱……這是保護，是一種不讓她受傷害的守護。

這不是他們第一次近距離的貼身接觸，卻是最扣人心弦。

脆弱的她，竟渴望被如此保護著。

「沒關係。」她舉起手拍了拍他，「如果祂們真的是神，我也有問題要問祂們。」

賀濰焱蹙眉，一點都不覺得這是明智之舉，這些雕像之神到底是什麼？誰能確定？唯一跟西方宗教有關的游智禔卻半個字都吭不出來，實在有夠不可靠。

惜風還是輕輕拉開了他的手，她可以感覺到全身寒毛似乎以乎因緊張而直豎，但這是千載難逢的機會——這些是神，如果是真的神祇，那就比所謂教廷可以給她更完美的解決方法！

深吸了一口氣，她邁開步伐往前走去。

所有壁龕上的神祇們目光灼灼，凱撒明顯正在挑眉，用詭異的眼神望著她。

『又是塔納托斯。』戰神蹙了眉，『祂究竟在搞什麼？』

惜風聽不懂，但是她有她的問題。「我是被死神控制的人類，但是我不想被當成寵物豢養、控制，甚至被帶往地獄——我請求您幫助我！擺脫死神的控制！」

聖母聞言忽然愁容滿面，她哀傷的望著惜風，像是極度同情她。

『塔納托斯的寵物嗎？』戰神看起來很困惑，似乎不明白為什麼會有這種事。『什麼時候塔納托斯開始拿人類當寵物的？干涉人類命運？』

塔納托斯？祂們口中說的這是什麼？惜風不解。

『不必管她的事！無關緊要！』王伊萍突然出聲，『我為打擾到你們道歉，但是請允許我繼續我的復仇！』

『不准！』凱撒終於不悅的出聲了，『這裡是神聖的殿堂，豈容妳的私怨仇恨染黑？』

祂大手一揮，萬神殿大門即刻開啟。『滾出去！』

「不！這是個亡靈，亡靈怎麼能任意對人類痛下殺手？各界有各界的法則與界線不是嗎？」惜風環顧著四周，「死靈既然污染了萬神殿，當然請祢們制裁她！」

『她有許可啊……復仇的許可，我們不干預其他神祇的事。』神祇們喃喃說著，『她可以隨心所欲，但就是不許在萬神殿內！』

「可是……」惜風回首望著嚇得花容失色的陳姵伃母子，這些神祇就眼睜睜看著一個囂張的死靈在祂們地盤上殺人？

『全部都滾！』戰神也厭惡的揮動大手，惜風趕緊後退，免得被巨手揮到。

面對雕像的怒意，一馬當先的自然就是鐘祉宵，他滑著輪椅很快離開了，總覺得那些雕像等等兇起來，一拳就能打爆他的頭！

王伊萍回眸一瞪，黃暐唐正趕忙扶起腿軟的陳姵伃往外頭跑去，賀濡焱一點都不覺得離開這裡明智，如果是他，會選擇從原來的路離開！

王伊萍俐落回身，喝令一聲，大批的哈耳庇厄立刻朝門口振翅高飛，喀邁拉恭敬的退到一定範圍後，也大步的跳躍奔跑；惜風慌張的站在那兒，並不甘願就這麼走了！

「聖母！瑪利亞！」游智禔鼓起勇氣往巨大聖母像那兒去，「萬福瑪利亞，請聽我的祈禱，讓惜風擺脫她的宿命，讓她擺脫被掌控的人生！」

「……游智禔！」惜風被他的舉動嚇了好大一跳。

加分！小雪在心中暗暗計算，游智禔這舉動真的帥呆了。

聖母低首望著虔誠祈禱的游智禔，再仰首望了望惜風。

此時，黃暐唐等人都已經消失在門外了，哈耳庇厄的嘎叫聲與喀邁拉的吼聲遠遠傳來，手持黑刃的王伊萍即將走出門口，不忘斜睨了賀瀰焱一眼。

就在他們擦身而過那一剎那，賀瀰焱忽然舉起右手，冷不防的往左方一劃——他不知何時右手已反手握刀，刀刃向外，一刀劃開了王伊萍的頸子。

呵——王伊萍倒抽一口氣，一切都措手不及，賀瀰焱立刻拿了長佛珠往頸口傷口塞進去，口唸驅邪咒，每顆佛珠上突然顯現出梵號，燒入王伊萍體內。

『呀——哇——』她痛苦的掙扎慘叫，這讓易怒的戰神不悅，他突然疾如閃電的往前奔跑，直直衝向了賀瀰焱跟王伊萍！

「不！」惜風知道一切不妙，她及時回身絆住了掠過身邊的白色雕像，讓其在地上拖行！

戰神伸出雙手做推人貌，下一秒，王伊萍跟賀瀰焱簡直像是飛出去般，雙雙被推向門外，不見蹤影。

戰神憤怒回首，怒視著絆住他身子的人類。

大手高高舉起，嚇得連小雪都衝過來了！

『戰神，不要衝動！』聖母出聲制止，但易怒的戰神根本聽不進去——

「喵～」

突如其來的貓叫讓惜風愣了一下，一隻俄羅斯藍貓憑空現身，好端端的以跳躍之姿，由半空中躍下，停在戰神高舉的手臂上。

『喵暴力。』小萌沿著手臂走到戰神面前，『你就是這樣，希臘那邊才討厭你！』

『什麼……』小萌算是哪壺不開提哪壺，戰神在希臘神祇中的確不是很受歡迎的，因為祂象徵暴力，尚武的羅馬才比較喜愛祂。『妳這是——又是塔納托斯！』

「小萌！」小雪氣急敗壞，「妳跑哪去了？」

『喵去玩啊，這邊好多神喔！』小萌還敢說，笑得很開心的一躍而下。『喵放手。』

惜風呆呆的鬆開手，無力的趴在地上，眼神看向萬神殿大門……濡焱！濡焱人呢？

她踉踉蹌蹌的爬起身，回首瞪著戰神。「祢對他們怎麼了？」

『趕走，我說過不許在萬神殿裡濺血！』戰神忿忿說著，回身往自個兒的壁龕走去。

「惜風……」小雪趕忙上前扶起她，她這麼脆弱，硬絆住那麼大的雕像，也算是勇氣十足了。

「我要去找濡焱！他不知道有沒有事……」她滿腦子想的都是賀濡焱的安危。

跪地的游智禔緩緩站起，內心有說不出的悲傷。

『惜風嗎？』

慈祥的聲音幽幽傳來，聖母溫柔的望著她。

「是……」

『妳的事我們沒辦法徹底解決，我們管不到塔納托斯的事……』祂散發著慈愛的光輝，『妳必須盡可能的求助，去找更多的神祇，更高等的神明。』

言下之意，這萬神殿裡的神是幫不了她的。

「謝謝。」惜風還是恭敬的一鞠躬，然後急忙往外頭奔去。

「游智禔！走了！」小雪回頭大喊著，也跟著惜風往外跑。

戰神回到自己的壁龕中，依然滿臉怒容，凱撒不喜歡排水孔上的血污，真搞不懂現在的人類在想什麼，聖母長嘆一口氣，眼神對上依然站在拉斐爾墓前的游智禔，又是一陣愁容。

『不該強求。』祂幽幽說著。

游智禔抬首望向祂，向後退卻幾步，在胸前劃個十字後，也疾步走出了萬神殿。

當他走出之後，聽見了門上的聲響，想再回頭看一眼萬神殿的希臘式正門時，卻發現萬神殿已經消失在眼前了。

喜歡惜風的心不會變，他了解到她心裡根本沒有自己。

那麼，他必須努力的讓她記住他！

※　※　※

跑出萬神殿的眾人，進入了無天無地無邊無際的廣場，世界是一片灰濛，他們踩在羅馬的石板路上，天空是灰色的，像是午後雷陣雨前的陰暗，路上的屋子栩栩如生卻毫無生氣。

沒有人、沒有車子，真的很像進入一個詭異的空間。

賀灝焱是突然醒來的，躺在冰冷堅硬的石板地上，一開始只覺得不舒服，緊接著是全身發疼，他撫著後腦勺坐起來，環顧四周、意識混亂，幾秒後才想起自己為什麼在這裡。

是被戰神推出來的。

那王伊萍呢？賀滆焱顧盼著卻找不到她，鬼就是有這個好處，說不定早就化成一團青霧消失……不過她對他造成的傷害卻是扎實的。

「乾媽？」他低喚著，一抹紅影自體內彈出，秀麗的紅衣守護靈帶著責備的眼神瞪著他。「是是是，謝謝妳保護我！」

哼！紅衣女鬼雙手抱胸，別過頭去。

「惜風呢？」他站了起來，屁股也隱隱作痛。

紅衣女鬼指向東方，又瞬間回到他體內，這地方不適合乾媽待太久嗎？嘖，那身為人類的他們也不該耗時太久，省得有遺害。

他順著東方走，反正聽到呼喚或是慘叫聲，就能知道人在哪兒了對吧？

濃霧四起，他戒慎恐懼的一步步往前走去。

東方約一公里處，是這空間唯一有生氣的地方，鐘祉宵氣喘吁吁的在路邊休息，他們怎麼又跑回原處了？

眼前是巨大的許願池，他們剛剛才在這兒許願，許願池還把硬幣吐還給他們，現在又回到這兒來了。

許願池，又名幸福噴泉，傳說在這兒許願就會得到幸福！

背景建築是海神宮，池中央是巨大的海神，駕馭著馬車，兩旁則是水神，海神宮上方站著四位美麗少女，分別代表著四季女神。

每一座雕像神態不一，栩栩如生，雕像基座像是海礁；噴泉主體則位於海神前方，泉水從各雕像及礁石之間湧出，流向四面八方，最後卻又匯集於一處。

顧名思義，這兒每日會湧進來自世界各地想許願的觀光客，人山人海絡繹不絕。

陳姵伃覺得自己再也跑不動了，孩子一直在哭，聽得她火氣都要大起來了，將孩子往地上一放，她趴在水池邊，好渴……真想喝一口水。

如果這裡的水能喝的話。

黃暐唐又喘又累，拉過安安輕輕哄著，但安安已經受到太大的驚嚇，才六歲，能處理什麼情緒？

只是在所有人都精神緊繃的狀況下哭鬧，對誰都沒有好處。

「閉嘴！你是在哭三小！」鐘祉宵果然忍不住破口大罵，「再哭恁爸揍你喔！」

「嗚……哇啊！」安安哪聽得懂？禁不起嚇，哭得更加大聲。

「你幹嘛兇我孩子！」陳姵伃踉踉蹌蹌的走過來。

「叫他閉嘴，我聽了就煩！」鐘祉宵露出一臉兇惡之相。

「你夠了吧！這孩子什麼都不懂，當然會害怕！」黃暐唐也不高興的回應，他望著眼前的許願池，總覺得於心難安。

啪噠啪噠……啪啦啪啦……鳥兒飛翔的振翅音到了。

三個人面面相覷，連安安都聽見奇怪的聲音而止住哭泣，他緩緩抬起頭，一臉錯愕……霎時間，一大群黑壓壓的哈耳庇厄俯衝而下了！

「哇啊——」

女人張大了嘴，利牙紛紛往陳姵伃身上招呼，尖銳的爪子也撕扯著她的肉，她瘋狂揮舞雙手，卻無法抵擋這麼大群的哈耳庇厄。

一個踉蹌跌進了許願池裡，冰冷的池水再度引起她的慌亂。

部分哈耳庇厄也擋住黃暐唐的視線，牠們不做攻擊，只是意圖阻止他救助的行動，鐘祉宵老早就繞得遠遠的，躲在許願池他處，說什麼都不肯動。

喀邁拉隨著王伊萍前來，頸子上還套著十字架的喀邁拉，等於毫無用武之地。

「哇！媽媽！媽媽！」

求救聲突然傳來，陳姵伃慌張的撥開哈耳庇厄想往前看，卻見到王伊萍一手逮著安安，就往許願池裡頭扔。

撲通，小孩吃了滿口是水，嚇得掙扎爬起，池水很淺，但對六歲的孩子而言，卻還是很危險！

「住手！妳要對我孩子做什麼！」陳姵伃尖聲嘶吼著，寶寶！她的寶貝！

王伊萍冷笑著，再揪起安安的後衣領來到許願池另一邊，冷不防的將安安壓進水裡。

「不——」

『過來救妳的孩子啊！』王伊萍靜靜的對著她微笑，『我只給妳一分半的時間——如果他能撐這麼久的話。』

一分半，是她當初把車子停在外面的時間！

「不要——妳有恨衝著我來，不要傷害我孩子！」陳姵伃淒厲的哭著，因為哈耳庇厄正用利爪刨下她的肌膚，嘴巴又咬住肉條，狠狠的一口撕下，美味咀嚼。

安安在王伊萍手下掙扎著，臉部朝下，雙手痛苦的揮舞，王伊萍只是望著他，無動於衷。

一旁的黃暐唐不顧一切衝進水池裡，怒不可遏的要救出小孩，怎知一雙大手突然從後將他攫住，高高橫舉在半空中——許願池中的神像！

「放我下來！放我下——那樣安安會淹死的！會淹死的！」黃暐唐手腳並用，但如何踢打，神像都不為所動。

奔跑的腳步聲至，惜風聽見了哭聲與慘叫聲才追過來的，一到階梯上，就看見下方的許願池早已被陳姵伃的血染紅，她躲在右端蜷縮掙扎，一大群哈耳庇厄包圍她，緩緩的抓下、咬下、拽下她的肉。

惜風還可以看見哈耳庇厄是一小條一小條撕，再入口咀嚼的，這簡直跟剮刑沒有什麼兩樣！

她們疾步下了階梯，小雪手持雙鏈球又衝了過去，試圖驅趕那一群哈耳庇厄，喀邁拉卻衝上來撲向她，嚇得小雪趕緊拿雙鏈球去擋——雖然牠現在不能噴火，但是如果跟青銅相撞，也是會受傷的好嗎！

「王伊萍！不關孩子的事！」惜風連忙奔向左方，安安的掙扎弧度越來越小了。

哼！王伊萍突然把安安拉出水面，小孩子嗆得拚命咳著，涕泗縱橫的大哭大喊。「媽媽！媽媽——」

『他，說要上廁所。』王伊萍把安安舉到嘴邊，緩緩的說。『那一天救護車在外面響時，你跟媽媽說……你要上廁所對不對？』

咦？惜風瞪大了眼睛，難道……那時陳姵伃除了刻意拖延時間外，安安吵著要上廁所，她索性就帶著他去？順便可以無視救護車？

「哇啊啊——」陳姵伃痛得打滾，成了側躺姿勢。「那不是他的錯！是我要帶他去的！」

『他出門前才上一次廁所，不可能在這麼短的時間內又想上一次。』王伊萍對安安帶上假裝親切的笑容，『你覺得好玩對吧？』

「嗚嗚……」六歲的孩子哪記得這麼多？也不可能知道這麼多，他只知道嚎啕大哭！

『不是什麼東西都可以好玩的喔……你們母子玩掉我媽的命了！』王伊萍大吼著，再度把安安往水裡壓去。

不……不是這樣……惜風拚命的搖頭，她知道這一切或許有錯，但是沒有辦法找出強而有力的說法，說服王伊萍放過那六歲的小孩。

他就是因為六歲，才什麼都不懂啊！

「吾主耶穌！」游智禔突然跪在許願池前，將身上的硬幣丟入池中，開始禱告。「請寬赦我們的罪過，救我們於水火之中……」

小雪跟喀邁拉正在對峙，鏗鏘聲不絕於耳，她聽著禱告聲傳來，趕緊退後，也依樣畫葫蘆的扔了錢幣入池水中。

「把邪惡的死靈制伏，帶給世人平安！」小雪不懂禱告，總之說出心裡的願望就是了。

惜風也投入了錢幣，她——想祈禱自己，脫離死神的控制。

但現在，她也雙手合十，希望這裡的神祇能剷除邪靈，還給活人一條生路！

「哇啊……哇……」陳姵伃的慘叫聲越來越弱，血絲從她身上每一處地方蔓延，她半躺在池子裡望著另一端的孩子，泣不成聲。

許願池中的四季女神皺起眉，嫌惡的看著池水轉成血紅，紛紛別過頭去，孩子的掙扎、母親的痛苦全進不去祂們心裡。

一隻利爪噗嘰刺入陳姵伃左眼裡，她發出劇疼的哀鳴，哈耳庇厄將眼珠剔了出來，張大口開始寸寸啃咬。

陳姵伃還剩一隻浸在水裡的眼睛，但是已經漸漸什麼都看不見了……安安似乎也停止掙扎，已經……

只是一分半，為什麼事情會變成這個樣子？

「借問一下，現在祈禱是有什麼用？」

賀濴焱微慍的自階梯上奔下，哈耳庇厄飛快衝至，他以大跳的方式進入許願池裡，下一秒水自池裡向上跳起，築出一道水牆。

暴起的水花濺濕了在外頭祈禱的三個人，惜風忽然一愣，水——潻焱會使水啊！

游智禔仍舊虔誠祈願，四季女神們幽幽的看向他，目露不捨。

「起——」水珠在賀潻焱掌心中活了起來，直接朝咬他的哈耳庇厄揮去，顆顆晶瑩剔透的水珠穿過了牠們的身子，瘖啞嘈雜的慘叫聲響起，緊接著哈耳庇厄一一落水。

他倏地旋過身子，許願池裡的水劇烈湧動，全數往王伊萍那邊去！

王伊萍已經不若之前的清純可愛，被賀潻焱施法燒過的她，頸間有個大裂口，佛珠的力量灼燒她的頸子，一路往上，現在的她上頸部跟下巴都焦黑如炭，面貌也比剛剛更加猙獰了些。

水很快纏住她的身子與四肢，力道猛烈的向後拉，可是她根本不願意鬆手，她知道——這孩子還沒死透！

『我不怕你！我不信奉佛！』王伊萍大喊著，並跟賀潻焱的水力拔河，吃力的舉起黑色彎刀，淹不死這孩子，就殺了他吧！

游智禔越唸越快，越唸越急，他痛苦悲傷的改向池裡的波塞頓與女神們求救，幾個女人傳來低泣聲，池水震盪，連海神都皺起眉心。

賀濴焱原本要親自上前趕走王伊萍，他知道自己暫時滅不了她，但是不能任她胡作非為……惜風往齜牙咧嘴的喀邁拉那兒奔去，牠的獅嘴拚命往前攻擊，惜風則不顧一切的伸手向前。

在喀邁拉的利爪劃過她手臂，濺出紅血之際，惜風取下了牠頭上的十字架！

咦？惜風？小雪丈二金剛摸不著頭腦，她怎麼把鎮住喀邁拉的東西拿走了啦啦啦！

說時遲那時快，得到自由的喀邁拉立刻躍飛向賀濴焱，一扭身子讓羊頭對準他，賀濴焱眼尾餘光瞧見喀邁拉，不由得揚起笑容——真是太好了。

羊頭轟然噴出火燄，永遠都有學不乖的傢伙，想想牠們只是妖獸，大概也沒辦法想太多。

火繞上賀濴焱的左手，他一絲猶豫也無的就往王伊萍臉上扔去！

「哇——」火的確燒上了王伊萍的臉，僅僅只是一秒，她剎那間又化成青霧鬼，讓人撲了個空，逃之夭夭。

「俗辣！」賀濴焱呿了一聲，把火吸入體內，衝著喀邁拉又是一個親切不已的微笑。

喀邁拉氣憤難平的要再張嘴噴火，不過不知哪兒來的水瞬間包裹住牠，直直將牠往許願池裡拖。

這次不是他做的，賀灊焱瞥了女神們一眼，看來游智禔的祈禱多少有用！

他趕緊彎身抱起臉色蒼白的安安，惜風跟小雪也都跑了過來，卻發現孩子早已沒了呼吸。

「我來。」游智禔跑過來，緊張的手心冒汗。「我有救生員執照。」

「哇喔！」小雪讚嘆了聲。

檢查呼吸道，進行 CPR，小孩子以二比三十的速度進行，身後的海神將黃暐唐放了下來，婀娜的女神們雙手盛接。

女神個個美麗，分工合作捧著黃暐唐直到池子裡……黃暐唐一臉受寵若驚，錯愕木訥的望著祂們，女神們卻咯咯笑了起來。

喂……賀灊焱站在池子裡揮汗如雨，搞半天這些女人是外貌協會的嗎？

海神轉向身遭左方，強而有力的手指指向池子裡的哈耳庇厄，大喝一聲，哈耳庇厄驚恐的嘎嘎尖叫，頓時四處飛竄。

而池子裡，只剩下一具死無全屍的骨架……說有肉也行，說只剩骨頭也行，總之已經看不出來是陳姵伃了。

她活活的被哈耳庇厄吃掉，以小口齧咬與撕扯的方式折磨，值得慶幸的是，死因永遠不會是痛死，而是被咬到動脈失血過多而亡。

女神們開始晃動池水，想利用波浪晃盪把屍體沖出許願池外，彷彿對這兒是一種噁心的污染。

『第四個……』

王伊萍的聲音，幽幽傳來。

「咳！咳！」正前方，一條生命重返，安安吐出一大口又一大口的水，痛苦的睜開雙眼。

黃暐唐皺起眉心，拿著手上被火燒過的殘缺外套，默默走到水池另一邊，將陳姵仔的屍體拖到更裡面去，用外套輕輕覆上。

還是別讓孩子知道的好。

「媽咪……」安安啞著聲哭喊，第一句就是要媽媽。

惜風擠出微笑，輕輕拍著他。「媽媽去買東西了，你不是肚子餓嗎？」

安安似懂非懂的點著頭，賀濔焱有點累，坐在許願池邊，抱怨小萌這死貓又不知道滾到哪裡去了。

『喵想我喔！』藍貓不知道從哪兒出來，躍上了賀濔焱的腳。

「想死了！」他沒好氣的說著，「我沒力氣想怎麼破幻境，幫個忙吧？」

『喵不必。』藍貓懶洋洋的舔著自己的毛，『喵有人做了。』

嗯？惜風立刻直起身子，因為她剛剛看見正前方的天空裂出了一條縫！

劈哩啪啦……世界開始如玻璃一般裂開，一個接著一個，龜裂的紋路飛快的傳遞蔓延，直到他們腳踩的世界，甚至是那婀娜多姿的女神們——

「天空掉下來了！」小雪正喊著，有一大片的雲就剝落了，緊接著一片接著一片，賀瀮焱衝上前護住惜風，鐘祉宵呆望著直擊下來的碎片，黃暐唐衝上前護住所有人——

咚——

「沒事了沒事了！」克里歐神父的聲音在耳邊響起。

咦？賀瀮焱抬首，發現眼前竟是那幅餐桌壁毯，有人已把門給推開，克里歐神父急急忙忙的走了過來！

惜風被緊抱著，她緩緩睜眼，內心希望剛剛的溫暖可以延續。

「梵諦岡？」小雪好錯愕，低首看著渾身濕透的小孩，他的確身上都是水啊……那陳姵伃呢？

黃暐唐第一時間跳了起來，往角落望過去。

在走廊另一扇門的角落，一具屍首側躺著，上覆一件破角有燒痕的外套，屍體的小腿以下，只剩骨上幾縷肉條。

剛剛那一切，是幻覺。

但是，幻境中也是會死人的。

第九章

西斯汀禮拜堂

情況大概糟得不能再糟了。

他們簡直就像帶原者一般，走到哪兒，哪兒就有駭人的屍首，剛關了羅馬競技場，現在又封了梵諦岡博物館，觀光客一律止步，消息自然又是封鎖。

惜風一行人被接到梵諦岡裡的一間房裡坐著等待，神父們還很客氣的送上茶點讓他們稍事休息，大門關閉，外頭聽說有瑞士衛隊守著。

平常大家沒看到的時候小雪大概都吃勁量電池，所以這點折騰對她來說還好，只是忙著上藥，身上有些擦傷跟燒傷。

鐘祉宵一邊低咒著一邊拿過整籃麵包啃著，黃暐唐坐在一旁的沙發上，雙手掩面，可能在哭泣也可能在懊悔，手上的水泡跟燒傷都待處理，還有雙臂上許多抓痕。

安安沒有送醫，是梵諦岡請醫生直接過來看診，大家口徑一致的騙他說媽媽去買東西沒那麼快回來，而陳姵伃的屍首也已經運出去了。克里歐神父一看到屍體，立刻緊握著十字架喃喃唸著驅魔語。

游智禔靜靜坐著，他渾身狼狽，卻比平常來得沉靜。

「喂！有盤子你不會用喔！」小雪走過去，硬把那一大籃麵包從鐘祉宵腿上搶過來，真是爛人想獨吞！「游智禔，你要吃麵包嗎？」

鐘祉宵橫眉豎目的瞪向小雪，小雪就甩上雙鏈球跟他嗆聲。

「我吃不下……」游智禔撫著額頭，「我不懂，為什麼祈禱無用？」

「吃一點才有力氣跑。」小雪沒在聽他說話，逕自把麵包放上盤子，一一發放。

賀濡焱一點都不覺得叫瑞士衛隊來守著有什麼用，他從進到房間後就靜不下來，不管這兒看起來多簡單舒適，不管大家幾乎精疲力盡，他還是在房內踅來步去。

「怎麼了嗎？你心不安寧。」惜風也站了起來，走到他身邊。

「很不安，因為彌亞沒有回來。」他竟然撫上她的髮，將她的頭髮向後攏著，這親暱的動作讓惜風嚇了一大跳。

她下意識後退，不是因為厭惡，而是不知所措。

「躲什麼？」他笑著，扣著她的頭往自己懷裡抱。

喂喂喂！小雪沒好氣的把嘴抿成一直線，會瞎掉好嗎？人要有公德心一點，這一屋子都是人，這樣放閃光有沒有天理？

還珍惜愛護的壓在胸膛前抱，有沒有搞錯？就算不管死裡逃生的黃暐唐、也要顧慮一下喝醋喝到飽的游智禔吧？

「麵包？」她超不識相的把麵包塞到兩人中間。

賀濂焱擰眉，只差沒說「滾開」。

小雪擠眉弄眼，指指背對他們的游智禔，又戳戳惜風；她回首注意到游智禔坐在那兒，趕緊想站直，結果賀濂焱卻抱得更緊。

「我幹嘛顧慮他？」他用嘴型，一個字一個字的說。

現在是別人在吃米粉，她喊什麼燙啊？

嘖！小雪咬了咬唇，也對，人家要曬恩愛幹嘛顧慮情敵啦！她沒好氣的坐回游智禔身邊，只好靠她分散注意力了。

「你吃點。」她剝了一小塊給游智禔，「還是要吃一些才有力氣逃命。」

她的勸說很怪，好像大家註定會逃命似的。

「為什麼神不管那個濫殺無辜的厲鬼？為什麼祂們不回應我的祈禱？」游智禔顯得既失望又氣憤，倏地回過身子。「我根本一點用處都沒有，我——」

一轉身，恰好看見身後那對相擁的人。

唉，小雪默默把麵包籃抱起來，她決定遠離火線，坐到黃暐唐身邊去。

惜風正處於心安狀態，她好喜歡溫暖的懷抱，賀濂焱用雙臂緊緊扣著她，沒有一絲空隙，之前有如此安心的擁抱是幼時，母親的懷抱，但是當媽媽被戳爛時，身邊就只剩死神帶給她的冰冷而已了。

闔上雙眼，臉頰貼上溫熱的胸膛，她甚至可以聽見賀濡焱的心跳聲……

賀濡焱大方的撫著她的髮絲與頸子，無視於他人存在……尤其是游智禔的存在，他盡可能的讓惜風感到放鬆與安心。

眼尾瞥了游智禔一眼，輕輕笑著，彷彿在說：麻煩你不要想了。

「安安會怎麼樣？我們救活了他，那個王伊萍還會再去殺他嗎？」

惜風睜開雙眼，耳朵一聽見殘忍的事實，她就沒有辦法再躲藏在賀濡焱的溫柔懷抱裡了。

撐著他的胸膛緩緩離開，往斜後方朝黃暐唐看去時，不經意對上游智禔的雙眼。

她苦笑，對游智禔沒有虧欠也沒有愧疚，對於他對她的好感，也只能謝謝。

賀濡焱不太高興的嘆口氣，真不喜歡好好的氣氛被破壞掉。

「不要這麼沮喪，要有活下去的鬥志，否則只會成為待宰羔羊。」他往前走向桌邊，拿起小雪準備好的麵包。「那孩子還會再遭殃，必須受到良好的保護。」

游智禔不發一語，他燃燒的雙眼望著惜風，為什麼她眼裡總是沒有他？

「放在梵諦岡 OK 嗎？」

「不知道，連萬神殿的神祇都默許王伊萍的復仇……真妙，西方也有類似黑令旗的……」他低首看向身邊的游智禔，「游智禔，你知道誰可以發復仇通行證嗎？」

游智禔皺眉，連看都不想看賀瀮焱一眼，他現在滿腔怒火無處發，說不出的懊惱、說不出的自責、說不出的沒用！

為什麼自己明明想要保護惜風，結果再虔誠卻敵不過擁有特殊力量的賀瀮焱！

「喂，游智禔！」賀瀮焱敲了兩下桌子，他死盯著惜風看的樣子也未免太誇張了。

「我不知道。」他深吸了一口氣。

「我看等克里歐神父來吧，還有那個特別的驅魔師。」惜風上前緩頰，她看得出游智禔心情不佳，但她其實不需要負責。

一個人喜歡她，不代表她必須回應，因為她不忮不求，也未曾利用他什麼……雖然現在很多得不到就直接殺掉對方的案例，但她相信游智禔不會這麼做。

哼，不過她也不怕，她可是不死之身。

「其實游智禔的祈禱並非完全沒用，那個王伊萍有塔什麼東西的許可，連戰神與聖母都拿她沒轍……」他望了游智禔一眼，「但在許願池時，女神們是回應了你的祈禱，才出手阻止王伊萍殺安安的舉動，也是祂們把哈耳庇厄趕走的。」

游智禔顯得有點吃驚，那是因為他的祈禱？少瞧不起人，他不需要這種謊言的肯定！「你會使水，不需要幫我顧什麼面子，我就是一個普通人，只會拿著十字架祈禱的普通人——但是上帝會聽我的祈禱的！」

「我幹嘛幫情敵說話？而且我也不是那麼好心的人。」賀濔燚笑著搖頭，這傢伙真是想太多。「在許願池裡時，很多事都不是我做的，不提水……你覺得我怎麼有辦法驅動那四個女神？」

游智禔瞪大眼望著他，那四個女神不是賀濔燚驅動的？「是我？」

「上帝會回應你的祈禱，你自己說的。」他對其他宗教並無對立之心，「就像自然、大地或是神佛會回應我一樣。」

信仰的力量，才是他的力量。

游智禔望著自己的雙手，信心感油然而生，如果如賀濔燚所言，他不說亂安慰人的話，但剛剛這番理論卻給了自己最大的安慰。

「聖母也回應你了不是嗎？」惜風也給了他一劑強心針，「是因為你，祂才告訴我必須詢問更多神祇。」

「嗯！」游智禔雙眼熠熠有光，信心指數立刻迅速攀升！

真是……單純的傢伙。

賀灝焱在心裡嘆氣，單純有單純的好處啦，至少現在就信心值滿點了。

「道歉也沒有用，我能怎麼辦？」黃暐唐還陷入痛苦的境地當中，「她連孩子都不放過，那個孩子懂什麼？他又不是故意的！」

「厲鬼不會在乎那麼多，她已經殺紅了眼！」提起王伊萍，賀灝焱就憂心忡忡。「我現在擔心的不只你們啊，你們是自個兒聯繫上的，誰知道中間還有多少因素？她要殺殺不完的！」

「四十秒，我沒有想過四十秒可以殺一個人。」黃暐唐懊悔不已，為什麼要跟女友吵架，為什麼要拖那四十秒！

「黃先生，你不要這樣想……沒有人保證就算毫無阻擋，她的母親就會活著！」惜風凝重的勸慰著，「她只是就結果來推論一切……我們可以說可能，但不能確定。」

「那些都不重要！那個死女人就是想殺掉大家！」鐘祉宵爆出聲來，「姓陳的女人不是說什麼上帝多威多行，可以幫我們逃難？結果咧，她自己都被啃得只剩骨架了！」

「你少說兩句行不行啊，鐘先生！這裡頭問題最大的就是你！」小雪看鐘祉宵越看越不順眼，「囂張什麼？擋救護車不要臉，而且我看你這樣子也沒躁鬱症啊！根本就是自私症！」

「妳說什麼！妳再說我揍妳！」坐在輪椅上的傢伙，口吻倒是挺囂張的！

「來啊！」小雪又甩動雙鏈球，期待的咧！

「別吵！」游智禔忍不住開口，「這裡是什麼地方？梵諦岡啊！要肅靜。」

鐘祉宵操了幾句三字經，小雪吐了吐舌，這劍拔弩張的態度恐怕還要幾個回合。

門外終於傳來聲音，克里歐神父憂心如焚的走進，還帶了醫生，先為黃暐唐處理傷口，再詢問游智禔過程跟問題，聞言只是不停搖頭，看來事態真的很嚴重。

「我想請問，塔納托斯是什麼？」惜風不想拖，找空隙便問。

「塔納托斯，是死神。」克里歐神父溫和的回答，惜風立即倒抽一口氣。「祂是神祇之一，掌管死亡。」

「死神？你是說……那個王伊萍跟死神有關係？」小雪反應很快，也想到邊了。

「王伊萍？是那個邪靈嗎？」在梵諦岡，王伊萍已經是邪惡的靈魂了。「那萬惡的靈魂將無法得到赦免，她太邪惡了，竟然能操控喀邁拉及哈耳庇厄……」

「神父？普通邪靈不會有這種力量吧？」游智禔一直困惑的是：為什麼台灣的亡靈能操控羅馬的妖獸？

「不，有人在幫助那個邪靈，誠如你們之前說的，或許是塔納托斯在幫她。」

塔納托斯？死神在幫她？

「等等，哪裡的死神？」惜風有些激動，該不會是……

「這我不知道，我是以你們的轉述推測，如果你們真的在萬神殿見到了眾神，那麼……祂們提到塔納托斯，應該就是這樣了。」克里歐神父語氣帶著羨慕，因為這些人居然看見神明了。「如果是塔納托斯的支持，誰都無能為力……」

就算只是雕像，但至少游智褆看見聖母瑪利亞了啊！

「小萌……小萌為什麼又不見了？」惜風焦急的左顧右盼，真的需要牠時卻老是失蹤？「現在到底是哪個死神在幫助王伊萍？死神不是都在開會嗎？」

「妳別急，如果說是羅馬的死神就太怪了，祂為什麼要幫助素昧平生的王伊萍？」賀濕焱趕緊安撫她的情緒，「克里歐神父，請教一下，死神通稱塔納托斯嗎？」

「各地稱呼不同，塔納托斯就是死神——但是在埃及，祂或許就稱之為阿努比斯。」克里歐神父認真的解釋，嚴肅的望向惜風。「……纏著妳的，是塔納托斯？」

惜風緊蹙著眉，毫不否認的點了點頭。

此舉卻換來克里歐神父一臉震驚與不可思議，他立即轉向游智褆，低聲問著為什麼他沒有提過這件事？游智禔無辜得很，他也是剛剛才知道惜風不是邪靈或惡魔附身，而是被塔納托斯……他頓了一頓，接著深呼吸。

「妳是被死神纏身？附身？還是……」克里歐神父有些激動的走向惜風，「塔納托斯怎麼可能會附在人類身上？」

「不可能嗎？」游智禔還跟著問。

「祂不是附在我身上，是跟在我身邊，控制我的人生、思想與行為，把我當寵物看待！」她主動趨前，「要在我最美的時候帶我走——您懂嗎？控制我的靈魂！」

克里歐神父全然無法置信，可是惜風說得如此信誓旦旦，小雪跟著拚命點頭，連賀瀮焱都以堅定的眼神望向克里歐神父。

克里歐神父看得出賀瀮焱的不凡，他凝重的揉揉眉心，後頭的神父魚貫而入，他們低語交談，眼神瞄向黃暐唐或是惜風，似乎有了什麼準備跟打算。

「驅魔師很疲憊，他剛從亞洲地區回來，遇上這件事很棘手，他決意一併解決——」

克里歐神父雙手一攤，「全部的人一起。」

「一起？」賀瀮焱挑了眉，「性質跟需要不同，作法怎麼能一起？」

「在一分鐘之前我才知道范小姐身上的是惡靈，是塔納托斯……所以驅魔師也尚未得知真相。」他嘆了口氣，「但是無礙，我們可以藉由祈禱或是與神祇溝通達到目的，有鑑於今天發生的事，我想大家還是聚在一起吧！」

克里歐神父凝重的走了出去，所有人便跟著他走，賀瀟焱刻意攙了黃暐唐一把，誰叫他看起來萬念俱灰。

「振作點。」他低語。

「我不抱希望了……如果那是我的錯，我願意承擔，也不想逃一輩子。」他露出一抹苦笑，「只求好死。」

「如果是在台灣，我或許有能力解決她……但在這裡我無法給你保證。」他拍了拍他的肩，「你可以期待梵諦岡，畢竟王伊萍是邪靈，梵諦岡的驅魔應該很有一套。」

雖然電影裡都只演附體者，但賀瀟焱相信深諳此道者，勢必對其他的法禱多有研究才是。

「但是我……我對什麼上帝不熟啊！」黃暐唐無助極了。

賀瀟焱知道多說無益，只是拍拍他，要他寬心。

大家魚貫走出，惜風趨前，趕上游智禔。

「彌亞呢？彌亞人還沒找到嗎？」

「神父說派人去找了！但不知道她怎麼會不見的？」走廊很寬敞，但前後門都被封住，突然敞開的那道門根本不存在，等於是個密閉空間——彌亞能從哪裡出去？

游智禔拿到新的十字架鍊，從剛剛開始就一直在祈禱，祈禱大家順利、祈禱彌亞平安無事。

「我覺得啊……」小雪背著雙手，寶物乖乖回到背包裡，因為瑞士衛隊差點要沒收它。「彌亞會不會還在剛剛那個幻境或世界？」

嗯？惜風看向她。

「妳看，走廊裡沒水也沒鳥啊，陳姵伃卻被生吃掉了、安安也差點淹死不是？」她咬了咬唇，雙眼燦燦發光。「有沒有可能我們在幾秒鐘內被移到某個平行空間或是什麼地方去，可能這邊的時間是暫停的，所以對現世沒有影響。」

事實證明，門沒多久就打開了，所以他們在萬神殿跟許願池那些時間，的確像是多出來的。

「所以，彌亞來不及跑回來……」惜風撫上額頭，真的很痛。「這是有可能的！算了，我們得這樣想，至少王伊萍應該不會對她下毒手。」

「應該吧！只是要怎麼讓她回來呢？」小雪對這點比較好奇，「我們都離開那邊了……」

惜風蹙眉，她真的不知道啊！

被困住會怎麼辦？也或許剛剛世界崩裂時，彌亞出現在別的地方了……咦？

「啊……游智禔，你請神父派一組人去許願池找找！」

「許願池？」游智禔很錯愕，「惜風，我們現在在梵諦岡裡，許願池根本不在這。」

「去試試看，說不定彌亞在那兒。」她咬著唇，一臉哀求模樣，游智禔毫無抵抗之力。

「……好！我試試！」游智禔上前走向克里歐神父，低語幾句後，惜風看見克里歐神父點了點頭。

雖然跟彌亞還沒有什麼交集，但是她不喜歡有無辜的人受害！

來到梵諦岡後，她自己的事還未解決……好像也解決不了，卻又看著他人步向死亡，她搞不懂是自己吸引了壞事，還是壞事吸引了她？

抑或是她身上擁有強烈的死亡訊息，所以這類事情總會讓她碰上？

「想什麼？」大手忽然勾過她的肩，又將她往身邊摟。

惜風嚇一跳的望向賀濴焱，雙頰再度不自主的緋紅。

「你……怎麼這一次很愛動手。」她咬著唇，羞赧不安。

「我以前也常這樣，妳反應沒這麼大啊，」他低低笑了起來，「都喜歡我了，其他細節就別計較。」

「……喂！」她羞惱的捶了他一下，這種話可以大剌剌說的嗎！「我怎麼覺得你在佔我便宜？」

「比死神佔妳便宜好吧？」他挑眉，嘴角勾起的是很惹人厭的笑意。

惜風有些不知所措，怎麼覺得濼焱有越來越故意的態勢。

這種態度，會讓她有種像情人的感覺……被理所當然的保護著，被親暱的擁著，身體的接觸激起許多無法言喻的化學反應。

這加快她的心跳與血液，讓她無時無刻都覺得躁熱、頭腦發脹，還有點站不太穩的感覺。

這是死神無法給她的，祂口口聲聲說愛她，帶給她的卻是無盡的冰冷、威脅、恫嚇與霸道。

那不是愛情，如果祂的愛情始終如此，那她永遠無法回應。

惜風輕輕的靠在賀濼焱肩上，緊緊的勾住他手臂，女人真的超善變，兩個月前她畏懼被死神帶走，怕賀濼焱受到傷害所以推開他；現在的她卻希望能跟他相處再久一點，多一秒是一秒。

因為脫離死神是奢望，是等待一份奇蹟，任何失敗都是理所當然的。如果被帶走是逃不掉的命運，能多留一些回憶都是份美。說不定，在未來冰冷未知的日子裡，她可以靠這些回憶撐下去。

可是人真的很怪，即使她告訴自己一千次一萬次，她這輩子很難能脫離既定命運，她卻一直在掙扎，到各國求助，甚至因為俄羅斯死神的一席話而燃起鬥志，因為一隻藍貓而在黑暗中見著燈塔。

有時轉念一想，會不會只是一種伎倆？

俄羅斯死神只是有趣？小萌只是在誤導自己？因為小萌知道的沒有比較多，牠說牠的主要任務就是帶她入地獄門，由其他死神解疑……可是她得到的答案卻依然是：不知道。

回來後小萌只有說「等」，「等契機」、「等機會」、「等她想通！」

想通什麼！連小萌都不明白的事，她想什麼？

進度停滯，她失落惶恐，又因為思念賀濂焱而沮喪，整個人渾渾噩噩，空虛、失落、魂不守舍。

現在想起來，真是愚蠢又可笑。

他們走上樓梯，來到一間不大的房間，一走入，游智禔差點沒激動大叫起來，不必誰解說，惜風仰頭看見天花板的創世紀壁畫，就知道這長方體的房間是什麼了。

「西斯汀禮拜堂？」賀濡焱暗自讚嘆，「怎麼會帶我們來這裡？這不是選教宗的地方？」

當然也是梵諦岡參觀的重要景點之一，唯有閉門會議選舉新教宗時會關閉。

西斯汀禮拜堂非常的小，呈長方形狀，入口是右上方，出口為左下方，最著名的是穹頂壁畫，由米開朗基羅繪製，穹頂中心描繪了舊約中《創世紀》的九個場景，氣勢磅礴！祭壇背面還有《最後的審判》，描繪著天使群像，以耶穌基督為中心的天堂，被拖入地獄遭蛇怪啃咬的人群……

地獄，惜風不由得想著，那裡是她未來會去的地方嗎？

大家走到中間，看著穹頂畫正嘆為觀止，門口終於走入一位長者，他身穿黑色長袍，頸披紫色領帶，身後也跟了一群神父，大家魚貫進入，氣氛頓時嚴肅起來。

緊接著，瑞士衛隊用擔架抬著安安走入，他意識清醒，還吊著點滴管！

「為什麼？」黃暐唐第一時間衝上前，「他是病人！應該要先做檢查！」

「必須先驅魔。」游智禔面有難色的望向他，「總是得先把邪靈解決掉，以免王伊萍又來傷害他！」

「……說的也是！」黃暐唐皺眉，拍拍安安，他顯得很虛弱。

幾句義大利語在空中傳遞後，大部分的人退出了，克里歐神父當然留下，他是唯一的翻譯，請大家往中間靠攏。

「這位是馬西莫神父，首屈一指的驅魔師。」

馬西莫神父站在較高的地方，看起來年紀很大了，問著克里歐神父狀況，只見克里歐神父神色凝重的望向黃暐唐跟坐在輪椅上的鐘祉宵，緊接著指向惜風。

馬西莫神父突然睜大雙眼，像是受到驚嚇般，定定的望著惜風。

他接著向其他應該也是驅魔師的人開口說話，惜風立即遭到眼神的關注，所有人搖了搖頭，惜風討厭這種場面。

「沒有辦法對吧？」她幽幽開口。

克里歐神父給了個歉意的笑容，「塔納托斯是神，我們無法處理。」

「那——塔納托斯總有上司吧？」賀濡焱提出疑問，「我能直接找上司嗎？」

「這……」克里歐神父顯得有些訝異，「啊，冥府之王，黑帝斯！」

咦？黑帝斯？這名字大家就熟了，對啊，為什麼沒有想到，冥府之王啊！

「我們要開始了……你們……」克里歐神父親切的詢問賀濔焱他們。

「沒關係，我們留下。」惜風點了點頭，說不定能幫上忙。「而且我們不會被附身。」

游智禔聞言愣住了，那他會不會啊？小雪壓著胸口，這一次紅線下的寶物還沒用，不過還是備用以防萬一的好。

「那我……」游智禔還是提出疑問。

「你不是有十字架嗎？」惜風露出笑容，「緊緊握著，就相信它能保護你吧！」

游智禔一怔，舉起自己的右手瞧著，真是微妙，他的掌心都壓出珠鍊印痕了，竟是如此緊張。

神父說過，只要相信，上帝必賜予力量。

克里歐神父朝門口的人做了手勢，於是瑞上衛隊跟其他無關緊要的神父即刻退出禮拜堂，當大門關上那一瞬間，惜風身子忍不住微微一顫。

門剛剛瞬間彷彿波動了一下，她擰眉，壓抑著不安的心，為什麼她一直神經緊張？

如果王伊萍不在這裡，驅魔有用嗎？

還是因為，她領了許可證就不算邪魔？即使是驅魔師也無法驅趕？

「……」驅魔師們開始唸起咒語，他們呈ㄇ字形將黃暐唐、鐘祉宵及安安圍在中心，十字架對著他們，喃喃聲不斷。

游智禔自個兒用中文禱詞祈禱驅魔儀式能夠成功，可以趕走甚至消滅那毫無理智可言的少女。

賀灝焱暗示小雪後退，他們往後退走，來到穹頂畫《創造亞當》正下方。

語言也是一種力量，惜風現在可以感應到，即使聽不懂馬西莫神父在說些什麼，卻可以感受到他們的心、信仰，還有對於邪魔的深惡痛絕，甚至是篤信上帝的力量！

不管王伊萍在哪裡，勢必能感受到這種強大的力道，無論是召喚或是毀滅……惜風仰望穹頂，深吸了一口氣，如果死神也能利用這樣的方式驅離，該有多好。

穹頂壁畫上的上帝正伸長了手，懷裡抱著夏娃，亞當有氣無力的垂著食指，創世紀中的此時，亞當還只是個無靈魂的空殼，就等待上帝的觸碰，然後他就有了靈魂……

若是如此，為什麼亞當在笑？

亞當——惜風啪的抓住賀灝焱的手，穹頂的濕壁畫在笑啊！

賀灝焱立刻順著她的眼神往上看，小雪已經拉開背包了，整個穹頂壁畫所有人事物都在移動，每個裸男裸女都扭動著身子，最後的審判中那些下地獄的人們傳出陣陣慘叫，震驚了正在唸驅魔文的人們。

驅魔師紛紛仰頭上望，露出驚恐的神情。

「我早就說過，一個我都不會放過。」

聲音來自於人群中，那揚起微笑的克里歐神父。

——咦？

第十章

趕盡殺絕

說時遲那時快，他倏地往安安衝去，手上握著黑色的彎刀，黑色袍子一褪，綠衣顯露，整個穹頂壁畫裡的人物都在狂笑。

黃暐唐立即上前擋住王伊萍，驅魔師只是拚命唸咒，越唸越急、越唸越大聲！

『滾開！』王伊萍化身成的克里歐神父已經成了一團扭曲氣體，再度重組為王伊萍的模樣，雙手被黃暐唐抓住的她，根本不把這當成阻礙。

她順刀往裡一刺，直接刺進了黃暐唐腹中。

「喝——」黃暐唐狠狠倒抽了一口氣，這刀子刺入腹中的感覺——怎麼好像有千萬隻蟲順著往身子裡鑽啊！

『這就算第五個吧！』王伊萍將刀子拔出，一腳踹開黃暐唐，直接再朝安安追去。

「哇——媽媽！」安安嚇得彈坐而起，連滾帶爬的爬離擔架！

鐘祉宵已經飛快的移動輪椅，從另一邊門口逃離，還擋住惜風的路不讓她往前衝！黃暐唐踉蹌倒下，游智禔及時攙住他卻跟著踉蹌，幸虧賀灝焱趕到才扶住他。

賀灝焱立刻要游智禔將黃暐唐壓在地上，跟他要了聖水！

「我不懂，克里歐神父呢？」游智禔慌張的自腰間拔下一小瓶水，那是克里歐神父很早就給他的。

「我會祈禱他平安，而不是跟雷歐內神父一樣。」賀濡焱俐落的撕開黃暐唐的衣物，王伊萍的刀子刺進了上腹部，傷口呈現黑色，像是壞死般蔓延。「把聖水倒入傷口。」

小雪上前順勢抱起哭泣中的安安，將點滴拔掉。

「帶他走！」惜風大吼著，兩個驅魔師往前要驅走王伊萍，根本就沒有用！

她現在搞不清楚是他們仍在幻境中，還是現在開始才是幻境？總之……王伊萍在這裡就對了！

她的模樣比之前更可怕，像是邪惡也會侵蝕靈魂一般，整張臉都轉為黑色，手持著刀子由下往上揮舞，瞬間砍掉了驅魔師拿著十字架的手！

「住手！」惜風用力推了她一把，王伊萍氣憤的一手抓住她的衣服直接往前拉，猙獰的舉刀刺來——刺……

她刺不下去。

王伊萍的五官都皺在一起，一臉狠勁，握刀的手也十分使力，但手卻在發抖，刀尖向著惜風，看得出來很奮力，卻無論如何都刺不下去。

「妳是死神授權的殺人者，而我是死神的女人……」惜風瞬間明白了，直起身子，王伊萍的刀子就主動向後退。「該死……妳的授權來自我的死神對不對？」

照理說她應該不會被殺死，而不是連刀子都無法近身——完全不會傷害她的死神，除了台灣那個還有誰！

『閉嘴！』王伊萍鬆開抓住衣領的左手，狠狠朝她左臉打了一拳，硬是將惜風給揮到旁邊去。『祂怎麼會看上妳這種人？』

咦？摔在地上的惜風覺得眼睛都要爆出來了，卻還是聽見了王伊萍的話——她在說什麼啊？

『乾脆把你們都殺掉，事情就好辦多了。』她仰頭尖叫著，那聲音幾乎劃破天際，驅魔師們都摀起了雙耳。

下一秒，穹頂壁畫上的人竟然跳了下來！

下來的可不是米開朗基羅筆下的好看人物，他們個個兇惡可憎，腐屍乾骨，分明是從地獄裡活生生跑出來的惡鬼！他們瘋狂的一一找驅魔師下手，但驅魔師一點都不需要擔心，只要閉上雙眼出聲祈禱，那些死靈就會哀號慘叫，顯然非常懼怕驅魔咒。

「快走！我沒關係……」黃暐唐疼得臉色發白，推開游智褆。「我跑不了，就讓我待在這裡吧！」

「此地不宜久留！」惜風爬了過來，「我也不放心小雪一個人！」

「聖水沒用！」游智禔慌張的看著黑氣持續蔓延的肚子，轉眼間已經快擴散到整個腹部了。

「啊啊——哇——」黃暐唐痛苦的慘叫起來，整個人弓起身子，僵硬非常。

一隻亞當模樣的爛鬼由後偷襲游智禔，那一身該是健美的肌肉裡全是青綠色的腐膿，大手朝游智禔雙肩一攫，直接就往後拖去！

「放開！」惜風踉蹌起身衝上前，那惡鬼立即鬆手，游智禔扎實的向後跌了個狗吃屎！

好！惜風喜出望外，她的力量對死靈果然有用！「我能制住他們，你們動作快一點！」

餘音未落，她逼近威脅驅魔師的惡鬼們，他們果然呈現驚懼姿態，有些躲回畫裡，絕大部分的卻往出口衝！

開什麼玩笑，怎麼能讓他們出去？惜風疾速衝向前，但死靈卻是躍牆而下，速度比她快得太——咿……門忽然往前關，砰的一聲闔上了。

銀光燦燦的俄羅斯藍貓站在那兒，根根銀毛直豎，尾巴上翹，忽然一聲：『喵吼——』

『哇啊——』這比惜風還威，那群死靈根本是驚慌失措的逃竄。

「我再試一次，你別動！」賀瀮焱轉向游智禔，「喂！幫我壓住他！」

游智禔撫著發疼的臀部趕緊半爬過來，惜風上前圍住他們兩位，以防任何惡鬼有機可乘，小萌優雅的走在禮拜堂裡，大概是「修煉成精」，威力比惜風強得很多，至少現在地面上沒有任何一隻惡鬼了。

驅魔師們神經緊繃又精疲力盡，惶恐的環顧四周，無法置信自己身在神聖的西斯汀禮拜堂，卻還遭受到這種攻擊……而且這麼多的惡鬼，以及一直在大家身邊的克里歐神父居然是邪靈？

「大家不要慌張，冷靜。」惜風用英文簡單的讓他們靜下心，「這都是那個邪靈做的，但她現在不在這裡了。」

地上倒著兩個張大雙眼的驅魔師，喉間一刀深刻的裂痕，讓鮮血漫了一地，其他人難受的禱告，送他們最後一程。

轉過身看向賀瀮焱，黃暐唐正拚命扭動，靠游智禔一人之力絕對無法壓制，因為有無數隻蟲在他身體裡鑽，咬著他的血管、肌肉，甚至慢慢啃噬著他的內臟，所以惜風也滑到黃暐唐身邊去，幫忙壓制。

賀瀮焱拿出兩張符紙，以火點燃，驅魔師果然立刻蹙眉凝視，他簡單的唸了咒語，在黃暐唐肚子上畫著無形的陣式，惜風拿了個東西塞進黃暐唐口裡，以防他因為劇痛咬斷了舌頭。

黃暐唐瞪大眼望著空中燃燒飛舞的符，緊緊闔上雙眼，這劇痛難耐，但是聞到符紙的味道突然有種心安感，佛祖保佑，觀世音菩薩啊……

轟！火突然像炸開一樣的瞬間吞噬整張符紙，賀濡焱的手跟著燒了起來，但他卻望著燒起來的火團，瞬間把燃燒的符紙壓上黃暐唐傷口！

「嗚哇——」燙人的火燄立即熨上黃暐唐的肚子，身子扭動得更加激烈，逼得惜風跟游智禔得用全身的力道壓制。

賀濡焱搶過游智禔手上殘餘的水瓶，用來澆熄符紙上的火，蟲鑽與火燒的疼讓黃暐唐這樣勇壯的男人都大叫不已，雙目充血瞪大，瞪著在上方壓制他的惜風。

剎那間，像是痛到一個極致，心臟再也無法承受一般，黃暐唐僵硬了身子，嘴巴張得偌大，停止了呼吸。

「黃……黃先生！」惜風叫喚著，他拱起了背，動也不動。

游智禔也愣住了，黃暐唐不再叫喊不再眨眼也不再說話，就像石像般突然定住，連掙扎也沒了。

符灰水流滿他全身，也滲入了傷口，往腰側兩邊流下。

然後，黃暐唐忽然閉上雙眼，大大的吐了一口氣，頹軟身子。

至少有氣了！惜風跟著鬆懈下來，發現自己早已一身冷汗。

黃暐唐明顯感受到疼痛減緩，雙眼也恢復清明，覺得好像這一輩子力氣都在剛剛耗盡一般，感受到前所未有的虛弱，望著圍繞在他身邊的人，最後看向賀濔焱。

賀濔焱專注的望著他的腹部，勾起喜不自勝的笑容。

「看！」他大手一抹，將黃暐唐肚上的水呀灰燼全數掃掉。

惜風訝異的睜圓雙眼，看見的是正常膚色的肚子，傷口很小，還是滲著血，但剛剛的黑斑蔓延都消失了！

「是符水的關係嗎？」她終於展露笑容。

「嗯！應該是！」賀濔焱拍拍雙手，一骨碌站了起身。「好了，這位就麻煩這些神父照顧，我們得快點去找小雪！」

惜風連忙翻譯，賀濔焱望著壁畫上一堆瑟縮的人，也不能放任他們在這裡。

「這裡到底是真的還是假的西斯汀禮拜堂？」賀濔焱低首，問坐在那兒懶洋洋的藍貓。

『喵假的！』她看向右前方大門，『門一關上就切斷跟真實人界的聯繫了。』

「那好，我這樣就不算破壞古蹟。」賀濔焱走向驅魔師，「我需要水，這裡有多少水都集中起來。」

惜風繞了繞，不遠處角落有個背包，那是小雪遺留下的，她剛剛情急之下拿出她的寶物後，背包就扔著沒管，後來被惡鬼踢到角落去了。

她記得小雪都有備水的，果真在裡頭找到小瓶裝的礦泉水，趕緊拿給賀濂焱，其他驅魔師也繳出身上掛繫著的小瓶子，游智禔幫忙將小瓶子旋開，賀濂焱要的是這些聖水。

畢竟是羅馬的惡鬼，得用他們的宗教處理。

請驅魔師都集中到角落去，黃暐唐被放上擔架也一併抬離，驅魔師們急速的為他包紮，小萌跟惜風則站到出口附近，預防任何一隻惡鬼逃離。

游智禔依言朝空中灑出兩瓶聖水，水不落地，像跳舞般繞上賀濂焱手心，他再倒出半瓶礦泉水，水珠違反地心引力，在半空中凝成一大團水，在他掌心間轉繞。

「請驅魔。」他朝驅魔師說著，「把力量移轉到水裡去。」

驅魔師們立刻齊聲唸咒，而賀濂焱瞬間將水團往牆上打去，冷不防擊中一隻惡鬼，像水洗顏料一般，只聽得惡鬼一聲哀鳴，當水離開時惡鬼已消融，牆上恢復成原本的白色。

所有的惡鬼都發出刺耳尖叫，在牆上頂上亂跳亂移，許多鬼急著要往出入口去，卻更懼於小萌或惜風的死亡之力。

「散！」水回到賀濂焱手中，他適時的將水球往上彈去，水珠迸裂成無數顆小水珠，讓每一隻惡鬼都無所遁形！

雖然不知道這批傢伙是從哪裡來的，但是應該也不需要在乎。尖叫、哀號，令人恐懼的叫聲此起彼落，但驅魔師的咒語聲卻更加有力堅定，耗時不到兩分鐘，整個西斯汀禮拜堂裡一張壁畫都沒有了，僅剩潔白如新的牆面。

水啪噠啪噠落地，賀濰焱把其他聖水瓶收起來，算是收工了。

「走了。」他筆直往門口走去，惜風一把拉開了門。

「惜風，等等！」游智禔原本想跟瞠目結舌的神父們解釋這裡可能不是真的西斯汀禮拜堂，但是瞧見他們要走又心急。

「你在這邊照顧黃先生好了，我跟濰焱一道去。」

「不，我也要一起去！」

「黃先生不諳英文，你留下來幫他吧！」惜風搖了搖頭，何必？

嘖！真是想不開。賀濰焱無奈的望著他，不死心也算是優點之一吧？

「小萌！帶路。」

賀濰焱伸出了手，惜風自然的搭上，兩個人即刻往前奔跑，游智禔只緊張的跟驅魔師們交代數句，禮貌的向馬西莫神父說明後，就急忙追了出去。

惜風發現離開西斯汀禮拜堂後，外頭還是像在梵諦岡裡，他們一路穿過廳堂與庭院，小萌是貓，輕巧得多，動不動就翻牆跳躍，氣得賀瀝焱要牠動作慢一點，他們可是人，不能這樣跑。

慢一步的游智禔更是跟不上，他一路上都被自己的無能重重打擊，越想越不甘心，腦子不專心導致一個轉彎就失去了惜風的身影。

「咦？」他站在T字形路口，「惜風？賀瀝焱？」

走廊將他的聲音傳了回來，但就是沒有其他人的聲音！

糟糕，是左邊？右邊？還是前面？他慌亂的踅來踱去，路過了廊上的畫作，畫裡是個婀娜美女，曲著右手臂枕在岩石邊，上身赤裸，下身覆了條白布，金色的頭髮閃爍耀眼。

他走了過去，美女的眼神竟也望了過來。

畫裡的女孩放下右手，攏攏金色長髮，撐著岩石緩緩站起，望著已經往前走的游智禔，她倏地自畫裡探出半身來。

修長的美腿跨出畫框之外，接著是另一隻，長髮及地，上身赤裸的她展露一身完美胴體，鑲著微笑。

「游智禔。」她喚著，前方的游智禔愣了一下。

旋過身，一看見沒穿衣服的美女他當場愣住，滿臉通紅……怎、怎麼……

「彌亞？」

※　※　※

聖彼得廣場，陰暗的天空依舊，毫無行人，只有氣喘吁吁的小雪、往前衝出廣場的鐘祉宵，還有盤旋在天空的哈耳庇厄。

「你能不能自己下來走啊！你很重耶！」小雪想把安安放在地上，小孩卻緊緊勾著她頸子不放。「你這樣我沒辦法用手啊！」

「我不要我不要！」安安雙腳跟八爪章魚一樣扣著小雪身子，快把她的脖子給拉斷了。

「你巴著我沒有用啊！我得把壞人打跑——現在就只有我們兩個耶，你放手！」可惡，這小孩明明能走，幹嘛一直巴著她！

小雪看見遠處步來的王伊萍，一步步走得穩健，不疾不徐，彷彿一切都在她的掌握中一樣。

「你要不要我救你啊！」小雪忍不住咆哮，「快下來！」

「我不要！我死都不要！」安安纏得更緊，小雪真想直接一拳把他打暈。

「你……那個姊姊要把你殺掉，你下來找地方躲起來，讓我幫你把壞人打跑啊！」小雪採取柔性勸說，惜風他們怎麼還沒來呢？

「我不要我不要！」小孩又哭又喊，還不忘伸手拽住小雪的頭髮，逼得她往後仰。

「哇！」小雪被扯得往後，疼得大喊，她真想把這個小孩扔掉，連救都不想救他了啦！是為什麼可以這麼任性這麼機車啊！「妳要抱著我！妳要保護我！我死都不要死都不要！」

什麼東西！她又不是他媽媽，這口吻也太差了吧！她被扯著頭髮還是往旁邊看了一眼，等等……王伊萍呢？那團青色的怨氣怎麼不見了？

『那就死吧！』

咦？王伊萍冷不防在耳畔出聲，小雪嚇得向左邊看去，該死的她的雙鏈球在右手啊！

而且必須抱著這死小孩，她雙手都快沒力了！

左眼眼尾只瞧見黑色彎刀來襲，被安安制住行動的她，只能抱著小孩飛快的閃躲過第一刀！

「哇——哇——」小孩放聲大哭，小雪也差點大叫。

因為王伊萍攻擊，安安只會勒得她更緊而已！小雪張大了嘴巴，她的頭髮被扯住，甚至也快不能呼吸了，安安的腳夾著她胸下，勒著她頸子，痛得要命！

不，安安得放手，他再不放手……就換她先殺掉他！

「你，鬆……鬆開……」小雪開始扳開安安的手，結果才六歲大的孩子力道卻驚人，因為他正在求生狀態。「天……我……」

『這種人為什麼要救？』青霧鬼瞬間出現在她面前，小孩身後。

「因為……他是個孩子，還不懂事。」小雪邊說邊跟安安上演拉鋸戰，還大退一步。

『救護車在外面響，他吵著說要上廁所，是故意的。』王伊萍一雙瞳孔已經轉為白色，『他看得出陳姵伃生氣且焦急，所以故意鬧著要上廁所，因為她不買玩具給他。』

「他只有六歲，根本不知道事情的嚴重性……」小雪知道懷抱裡的安安任性，但橫豎只是小孩！

『這樣教出來的孩子以後會為別人著想嗎？自私自利只想著自己，他可以不懂救護車，但是不該不懂現在的狀況。』王伊萍露出了冷笑，『妳想救他？自己都快被整死了還救他？妳以為他會感激妳嗎？錯，他只是個孩子，他不懂什麼叫感激——』

王伊萍舉起刀子狠狠往這兒劃來，小雪及時伸出右手以雙鏈球去抵擋，卻因此失去了重心，整個往後倒了下去。

背部直接落地，那種劇痛無法言喻，身上又壓了一個孩子，重力導致她的摔傷更嚴重！這麼一摔，安安勒住她頸子的手也受到撞擊，因為疼痛，終於願意鬆開手，滾到另一邊去。

天……小雪大口呼吸，她終於有解脫的感覺了。

『死小孩，你想去哪裡——』王伊萍的叫聲傳來，小雪才驚覺到安安跑了！

她原本希望一骨碌帥氣跳起，但是重擊下神經瞬間麻痺，她才撐起身子立刻又倒了下去！

而黑色的彎刀，已經從奔跑哭叫的小孩背後狠狠劃上了一刀。

紅色的血飛濺而出，小雪這時才看清楚，刀子劃上人體那一剎那，黑色的刀子會散出一種氣，好像那刀子不是天生黑色，而是有什麼東西附著在刀刃上似的……所以那些東西也在接觸瞬間，進入了安安背部。

「哇啊哇哇……」安安咚的往前趴在地上，疼得抽動。

「王伊萍，不要這樣！他根本什麼都不知道！」小雪吃力的旋過身子撐著，「他不是刻意要害死妳媽媽的！」

『每一個人都說不是故意的——但是我媽媽已經死了！』王伊萍轉過頭來大聲咆哮

著，『她死了就是事實！沒有什麼刻意有意，她已經死了！』

王伊萍瘋狂大吼著，她的恨意並沒有隨著解決掉「兇手」而減少，她也不知道現在的自己已經變成什麼模樣……黑色的臉龐，金紅色的凸目，牙齒轉為尖銳爆出，再也不是那個清秀少女了。

她在變化，但自己知不知道？

小孩忍著痛往前奔跑，直到方尖碑那兒停下，靠著碑哭泣著，看著走來的可怕死靈全身發抖。

小雪終於又可以動了，全身上下痛得要死，王伊萍當然沒把她放在眼裡，一心只顧著朝安安走去，小雪也只能趕緊拾起掉落一旁的雙鏈球，這可是寫滿符咒的寶物啊！如果賀瀰焱的咒字佛珠能對王伊萍造成傷害，那她這顆雙鏈球上的每一根鐵刺都寫上了萬應宮符咒，保證有用。

「不要……不要……媽媽！媽媽！」安安貼著方尖碑，他覺得好冷好冷，而且怎麼會這麼痛……

「喂！王伊萍！」小雪叫著王伊萍，她卻不為所動，所以她只好狠下心揮舞雙鏈球，直接甩出去，砸進她的後腦勺裡！

鐵球上根根尖刺，刺上刻有佛經，再加上經過高人加持，這真的可以說是法器了！小雪隔著幾公尺將雙鏈球甩向前，其中一顆鐵球準確無誤的插入了王伊萍後腦勺裡——王伊萍顫了一下身子，眼珠子因撞擊力道往前擠出，然後整個人直盯盯倒地。

「有用！」小雪喜出望外，抬起頭看向在地上打滾的安安，只要她能撐到賀帥哥過來就好了……就……

方尖碑下方有青銅雕刻，上刻有一隻威武的老鷹，此時此刻那老鷹竟拍動揮舞雙翅，抖擻著精神般的飛離方尖碑！

小雪看了瞠目結舌，老鷹飛向空中後振翅數下，緊接著毫不猶豫的朝安安俯衝而去！等等……等等！小雪衝上前，沒跑兩步雙腳卻倏地被握住，換她向前狠狠仆倒！

回首一看，王伊萍頂著駭人的臉孔爬了起來。

『別以為這樣就可以阻止我！』她的頭在焚燒，可是依然在吼叫，手伸向後握住了雙鏈球木柄，奮力將雙鏈球給扯離了後腦勺——那真的有夠噁爛，她角度不對根本拽不下來，硬扯的結果就是……

王伊萍扯下自己半邊腦殼，裡頭的腦漿跟著滑落下來，滑滴在她的耳上、肩上及地上，黑色的腦部組織看起來是沒有血淋淋那麼嚇人，可是反而更噁心！

雙鏈球絕對有用，都已經將王伊萍的頭髮全數燒光，

『愛管閒事的女人，這麼想保護人，為什麼不保護我媽！』她把雙鏈球往遙遠的聖彼得教堂方向扔去，『我要妳眼睜睜看著我把這孩子的皮扒掉！』

扒皮……天哪！這女人也太殘忍了吧！

開什麼玩笑，哪可能讓她得逞？小雪翻身而起，結果地上卻突然竄出一堆手，直接再把她往地上壓。

「喂……什麼！」小雪完全被壓在地上動彈不得，只得扯開嗓子大喊。「惜風！范惜風——賀瀮燚！」

王伊萍站到了又哭又叫的男孩面前，他躺在地上淚眼汪汪的躲著老鷹的尖喙攻擊，只是待王伊萍一站近，老鷹就改停到了她手上。

鷹爪銳利如刀，只是抓握在王伊萍手上，就將她的手臂刨出兩道深口子。

但她已經死了，不會痛，而……孩子卻不是。

『他的眼睛送你吃，再給我一個下刀的傷口。』

王伊萍吻上老鷹，老鷹聽見之後立刻飛向小孩，安安揮舞著雙手，老鷹立刻停上，鷹爪使勁一握，刺進安安皮肉裡，小孩立即哭天搶地。

「賀灝焱！賀——灝——焱——」小雪緊張的大吼著，「小萌！小萌！」

不管是誰，來個人啊！那個小孩會被殺掉，一定會——老鷹的尖喙直接刺入安安眼裡，上下嘴喙準確叼住，直接叼出了安安的眼球，咕嚕一口吞了下去。

小孩可怕的哭喊聲聽了令人不忍，但小雪使盡了全身的力氣，就是動彈不得，只能看著王伊萍蹲下身子，冷冷望著雙手摀眼慘叫的小孩，她輕巧的轉動著黑色的刀子，刀子上的黑影如影隨形。

『好玩會殺死人的，你喜歡故意？喜歡好玩嗎？』王伊萍挑起笑容，緊緊抓住被鷹爪割出傷口的那隻手臂。『那我來跟你玩個遊戲吧！』

她將刀子放平，將刀尖平放入傷口裡，鷹爪抓出的傷口不大，但是王伊萍像在去雞皮一般，緩速往前，切開下筋膜與與皮膚間的關連。

「嘎呀——呀——」安安抽不回手，「媽媽！媽媽——」

刀尖沒入一小部分後，王伊萍勾起令人膽寒的笑容，輕輕朝彎刀一吹——呼，黑色氣影倏地順著刀子，衝進安安傷口裡！

咦？小雪看得發傻，剛剛那是——腳步聲終於從後方奔來，她無法回頭，卻看見曼妙的身影跳過她頭頂，壓制她的手立刻嚇得縮回地底，藍貓直直朝著王伊萍身邊去。

『喵放手！』小萌躍上方尖碑的小平台，『喵不要欺負小孩子！』

惜風跟賀濡焱終於跑了過來，惜風攙起了小雪，賀濡焱則走向王伊萍；她倒是乾脆的抽回刀子，甩下安安的手，老鷹環繞著方尖碑，因為小萌在那兒，牠不敢飛回去。

「妳已經泯滅人性了……這不是復仇，這是濫殺。」賀濡焱搖了搖頭，有些惋惜，她已經被仇恨侵蝕，靈魂變質了。「妳有沒有看過自己的樣子，那刀子是誰給妳的？它根本在戕害妳的靈魂。」

『我不需要維持正常，只是要為家人討個公道，不叫濫殺。』她金紅色的雙眸瞪向惜風，『等我開始動手殺她，才能叫濫殺無辜……』

「死神為什麼讓妳進行復仇？那刀子也是死神給妳的嗎？」惜風急忙奔過來，她有一堆疑問想問。「祂的目的是什麼！」

『刀子是祂給我的，為了完成我的復仇，這是一個許可保證。』王伊萍望著惜風的眼神總有敵意，『妳呢？祂沒給過妳任何東西？』

嗯？這問法未免太奇怪了！「我並不是自願的。」

『哼，我想求卻求不到，妳不想要祂卻偏偏對妳這麼好……我比妳好多了，我願意忠於祂的！』王伊萍倏地拿刀子比向賀濡焱，『我才不會三心二意，只要祂願意收我，我地獄都陪祂去！』

啊啊啊啊……她終於知道那份敵意來自哪裡了！

王伊萍認識死神、知道死神，甚至也相處過，而且希望成為死神的寵物！

「妳跟祂認識多久了，祂是無理霸道殘虐的！」惜風激動向前，「但是如果妳願意，我可以跟妳換！我要自由的人生，讓祂帶妳走！」

『妳這是在施捨嗎？不需要！』王伊萍別過了頭，『我會靠自己的努力贏得祂的賞識。』

「現在是怎樣？妳想當死神的寵物？殺這些人是妳的想法還是死神的想法？」賀瀰焱忍不住心中不快的情緒，「祂幹嘛不挑她走就好，非得要妳？」

「這問題問誰？」惜風只覺得驚訝，有另外一個女人也知道死神的存在，而且她是一心想成為寵物？

小雪趁機悄悄的拾回自己的雙鏈球，再躡手躡腳的繞過方尖碑另外一側，想趁亂把安安抱走。

老鷹高亢啼叫，筆直的朝小雪俯衝，她說了句 Sorry，看準時間就用雙鏈球把老鷹給揮了出去！

這動作自然引起大家的注意，所以小雪加快動作，從後面伸出雙手，就要先拖走小孩——「不要碰他！」

出聲的不是別人，竟是惜風！

「安安身上都是黑影！」惜風焦急的大喊，「小雪，收手退後！」

小雪沒看見那黑氣，她半信半疑，但選擇相信惜風，直起身子往後縮，那孩子卻哭著坐起身，他有點怪怪的，不怎麼痛，可是……

『喵噁心！』小萌嫌惡的說著，一骨碌跳下方平台。

王伊萍接著高傲的旋過身子，面朝著聖彼得廣場，廣場左右的迴廊跟聖彼得教堂頂端有著一百六十二座聖人雕像，現在每一座都在竊竊私語。

『哼，這孩子……是第五個。』王伊萍深吸了一口氣，她知道黃暐唐未死。

第五個？可是安安還活著啊！惜風小心翼翼向前，一邊揮著手要小雪千萬不要碰到他，那孩子根本站不穩，沒兩步就摔了一大跤，趴在地面上。

這一趴，可嚇壞了大家。

安安在晃，不是身體在晃……是「皮」在晃。

好像肌肉與皮膚間充滿了水分似的，外層的皮膚像是水球一般搖晃膨脹，甚至還因此波動……賀濡焱握著打火機上前，他肯定沒好事。

「嗚……嗚嗚！怎麼……」男孩察覺到不對勁，劇痛突然襲來。「哇……痛！好痛——不——哇！」

他直起身子掙扎，體內有東西在亂竄，全身肌膚拉扯著，像有東西在他體內一寸一寸的硬把肌膚跟肌肉扯離！

「那個黑氣！」小雪想起來了，「王伊萍那把彎刀不是黑色的，是有黑色的東西附在彎刀上，我看見她把那種東西吹進安安傷口裡！」

什麼！惜風立刻要賀濡焱站在原地不動，逼小雪退後，她親自上前，並且多看了小萌一眼。

「小萌！」

『喵真難得！』小萌晃著尾巴也湊了過來，『喵好久沒看見了！』

惜風穩穩的蹲到安安面前，他全身都在顫抖抽搐，眼裡流出黑色的淚水，眼白瞬間成為黑色，部分黑色的氣體突然從七孔竄出！

『喵我要！』小萌喜出望外的跳上去，張口一吞就吞掉了一部分黑氣。

黑氣是活的，急急忙忙的飛到空中，追尋王伊萍的彎刀而去！

而安安，在惜風面前開始「脫衣服」。

王伊萍在他背部的那刀是個口子，劃在背部正中間，現在他的「皮」正以背部為中心，分向兩邊滑脫了下來。

肩膀、手臂，一路裂到頭、臉部……安安跪坐在地板上，直到看見自己的皮全數落了地……血淋淋的肌肉曝露在外，濕黏黏的體液滑動著，紅血遍佈全身，安安痛得不能自已。

他望著自己的手，失控尖叫著，惜風看著眼前地上那堆皮，皮逐漸轉成了黑色，甚至開始龜裂，然後她聽見了最熟悉的聲音……唰！

皮膚成了一大堆的死意散開，以黑水晶的模式呈現。

『鮮美可口的生鮮人！』哈耳庇厄的笑聲由上傳來，盤旋已久的牠們就是在等這頓大餐！

安安不懂自己為什麼會變成這樣，他站起來時好痛，全身已經沒有肌膚的他滑溜溜的，所有人都知道他現在有多痛、也知道他根本活不久！

「媽媽！我要媽媽！」他哭號著站起來，身後的噴泉水突然湧出！「給我叫媽媽來！」

「你不要動！我去找紗布！」小雪緊張的想攔住安安，卻又不敢碰他……就怕會造成感染。

「小雪。」賀濡焱低沉的叫住她，搖了搖頭。

安安奔跑，賀濡焱以打火機點燃火燄，燒上意圖攻擊安安的哈耳庇厄，至少不要讓他跟媽媽一樣慘死。

噴泉沒有什麼高度，安安踉蹌摔進水裡，不一會兒又突然發出驚恐的慘叫聲，掙扎的水花四起，小雪跟惜風急忙衝過去時，他已經靜止不動了。

小萌跳上池邊，血紅色屍體沉在泉底，泉水漫成鮮紅色。

『喵好鹹。』小萌用爪沾水舔了一下。

水是鹹的，沒有肌膚又全身都是傷口的安安根本承受不住。

王伊萍已經消失在廣場上，她很有自信，早在把刀子刺進安安體內時，她就知道黃暐唐未死。

第五個，他們依然無能為力。

第十一章

償罪

安安靜靜的沉在噴泉池底，惜風、賀濡焱跟小雪站在那兒看著全身猩紅的他……可憐的孩子，竟這樣結束生命！

『喵死意。』小萌回首看向由安安的皮化成的死意結晶，提醒惜風。『喵很稀罕的！』

惜風闔上雙眼，如果陳姵伃是天主教徒，安安應該也是吧？她在胸口劃了一個十字，願他安息。

回身走向人皮的地方，該撿的死意還是得撿起來。

「如果非得殺掉所有人才能罷休，那……黃暐唐是不是也勢必會死？」小雪疑惑的提出疑問。

惜風正用鑷子夾著死意，聞言也蹙緊眉。「應該是，安安淹不死，下一次就扒了他的皮……王伊萍剛也說了安安是第五個，她知道黃先生沒死！」

「我覺得那把刀很奇怪，黑影幢幢的……而且安安的皮為什麼會變成死意？」

『喵——』小萌的驚叫聲突然傳來，賀濡焱單手拉住她的後頸皮，直接拽到惜風身邊來。『喵放手！喵！』

「妳這傢伙，從一來羅馬開始就又逃又閃，什麼意思？」賀濡焱死不放手，「妳最好說清楚，都跑到哪邊去了，還有那個王伊萍的事！」

『喵怎麼會知道！喵是、喵是不能說！』小萌一臉委屈，『喵厲鬼是有死神許可的，喵不可以阻礙！喵只能嚇走惡鬼、幫你們不要受傷而已！』

「所以是我的死神給她許可的，為什麼？」惜風把盒子轉緊，心裡萬分不快。

「別說妳的死神，我聽了不舒服。」在小萌回答前，賀濔焱不悅的打斷她。「他不是妳的。」

惜風圓了雙眼，下一秒雙頰緋紅，現、現在是計較這種用詞的時候嗎？

「喂！好啦，那個死神為什麼要發給王伊萍許可？」小雪雞皮疙瘩都起來了，「這樣子的殺人合法嗎？」

『喵可以，喵你們也有……什麼旗的啊！』

「黑令旗，所以是一樣的東西！」賀濔焱緩緩點著頭，「只要懷有深仇大恨，陰界覺得有復仇的正當理由，不管加害者的靈魂轉了幾世，都可以報仇……但王伊萍只怕是天主教的，所以她得到的是西方的許可。」

「她等了一年嗎？不，應該是她死後才……」惜風頓了幾秒，等等，邏輯不對啊！「她不是被害死的吧？不是被害者也能申請復仇嗎？」

賀灤焱果然一怔，是啊，無論如何王伊萍都不是受害者，事實上以她母親的狀況來說，根本不太可能申請黑令旗——因為不能斷定這些人造成死亡！

「不行對吧？怎麼想都不通啊！」小雪嘆了一口氣，「說不定她媽媽命該絕，根本跟這些人都無關！」

『喵……』小萌發出可憐兮兮的叫聲。

惜風低首望向小萌，牠綠色的雙瞳水汪汪的盯著她，似是有話想說卻說不出口。

「……唯一知道真相的是死神。」她倒抽一口氣，對呀！「祂知道王伊萍的母親是不是壽命將盡——是這些人真的害死了她媽媽！」

所以死神才給予王伊萍復仇的許可！

「加起來三分五十秒，這很難說，三十秒都可以救一條命！」賀灤焱聳了聳肩，「所以呢？現在我們是不是該回去了，基本上我比較想保護黃暐唐，話說在前頭，我不打算救鐘祉宵！」

「我也不要。」一向熱心的小雪回答得倒是挺快的，「姊姊說正義要用在對的人身上。」

她鼓起腮幫子，手上甩著雙鏈球，回身往聖彼得大教堂的方向走去。

惜風嘆了口氣，只能說鐘先生做人太「成功」了，連她也沒有想追上去幫他的衝動，就跟他從頭到尾都不想幫任何人一樣。

回過身子，他們突然看見從聖彼得大教堂步出的身影，不禁嚇了一跳！大家小跑步迎頭追上。

一個老人家跟一個肚子有傷口的人，攙扶著彼此走了出來！

「你們在做什麼？一個有傷……」賀濂焱最先趕到，打量著黃暐唐腹部。「一個年事已高，跑出來做什麼？禮拜堂裡出事了嗎？」

「不，是我堅持要出來的……」黃暐唐把衣服掀開來，傷口上頭用驅魔師的紫色領帶緊緊纏住，當成繃帶一般綑綁，看得出來結打得很專業。「馬西莫神父堅持要跟著我出來，我英文超爛聽不懂，但他就是一定要出來。」

惜風瞥了小雪一眼，不能讓他們再往前走，那邊有著孩子被扒皮的屍首，沉在噴水池底。

「我們先回去吧，外面不安全，沒有人知道邪靈何時會回來。」小雪用英語說著，微微一笑。「我扶您吧！」

「不不……」馬西莫神父搖頭拒絕，「我想知道那個邪靈的事情！」

現在？這裡？

「安安呢？」黃暐唐果然會注意到這些，「鐘先生呢？」

賀濡焱定定望著他，搖了搖頭。「安安沒辦法了，王伊萍現在去追鐘祉宵，我們累了，不想再追。」

黃暐唐狠狠倒抽了一口氣，安安死了！那個厲鬼還是把無辜的孩子給……他緊握雙拳，腹部隱隱作痛。「我看我是逃不了的。」

「到時再說吧！」賀濡焱拍拍他的肩。

小雪在一旁向馬西莫神父說明王伊萍的事情，站在樓梯上的黃暐唐下意識遠望著廣場另一方，那推著輪椅逃之夭夭的鐘先生，不知是否能安然度過？

於公於私，他都不能原諒這樣的人，卻也不希望有人因為這樣而喪命。

「游智禔呢？」黃暐唐數了數，發現少了一個人。

「游智禔？他不是跟你們在禮拜堂？」惜風眨了眨眼。

「不，你們前腳剛走他就追出來了啊！」黃暐唐瞪圓了眼，難道游智禔沒有跟他們會合？

餘音未落，惜風三人面面相覷，靠！游智禔真的沒有追出來啊！

「迷路了嗎？」賀濡焱想著最有可能的答案。

『喵不對！喵有妖氣！』小萌倏地跳上石階，『喵快走！』

「妖氣？他的祈禱力量應該有用啊！強大的信仰之力，哈耳庇厄跟喀邁拉都畏懼他！」

惜風絞起雙手來，她不希望同學出事！

『喵那個女生！喵不能出現是因為那個女生！』小萌終於喊出來了，『喵討厭可惡的拉彌亞！』

什麼？惜風詫異的看向站在樓梯上、急著要往裡跑的小萌。「彌亞？妳是說彌亞？」

『喵不是彌亞，是拉彌亞！』小萌急忙解釋，『喵先走！喵！』

「拉彌亞？」賀濔焱重複著這個名字，「我是漏聽一個字還是小萌多講了一個字？」

「牠一直說是拉彌亞……好啦！別催！」惜風安撫著難得焦躁的小萌，「我們先進教堂好嗎？小萌說這裡不安全！」

「好！」小雪立刻撥掉黃暐唐的手，要他顧好自己，由她攙扶馬西莫神父。

賀濔焱笑著搖頭，跟惜風一人一邊扶著馬西莫神父往教堂走去，小萌飛奔得很快，一溜煙就走進教堂裡。

進教堂前惜風還可以看見屋頂上所有的雕像都在議論紛紛，可是他們看著的不是她，而是廣場外大道的方向……她猜得出來，鐘先生正在那兒吧。

為自己做的事負責吧！死不認錯還佯裝生病的傢伙，她不需要有同理心。

※　※　※

猙獰醜惡的王伊萍站在角落，望著奮力推著輪椅的鐘祉宵，仇恨之力剛侵蝕掉她的眼皮，她現在已經闔不上雙眼了，身子開始變得佝僂，她知道自己越變越噁心。

但是值得，這些是值得的。

「走開！你們這些人在做什麼！」鐘祉宵前方的大道停了滿滿的車子，他完全過不去。

王伊萍靜靜望著他，她不會對他做些什麼，只是要把他困在這個世界。

他會渴死、會餓死，到時候靈魂還是屬於她的，永無止境的凌虐。

「滾開啊！」

「好渴……」鐘祉宵突然感到嚴重的口乾舌燥，怎麼空氣中開始吹起焚風來了。「我得先找水，水……」

他向四周張望，突然間發現自己前後左右都塞滿了車，而馬路盡頭，有個招牌亮了起來，他雖然看不懂義大利文，但是看得出來招牌上面的圖樣，是杯清涼的飲料。

好渴……他越來越渴，移動著輪椅，可是前面的車子擋住了他的去向！

「走開！你們走開！」他咆哮怒吼，街上每一台車都按著喇叭催促別人，鐘祉宵可以看見車內明明都有人，卻動彈不得！「快點……咳咳！」

喉嚨乾到開始咳嗽，他不懂，為什麼突然會如此飢渴，像在沙漠裡一樣。

彎身向前，他拚命捶著前台的車子。「快開動啊！」

前面那台車搖下車窗，駕駛的手竟伸了出來，硬生生朝他比了中指！

等等……鐘祉宵忽然覺得這一切似曾相識，難道……

他慌張的回頭看去，身旁已經看不見什麼聖彼得廣場、高聳的方尖碑或是聖彼得大教堂，只有無邊無際的一片白茫茫……不，他在哪裡？他好渴好渴——

「走開——」

『第六個。』

※　※　※

聖彼得大教堂裡靜謐莊嚴，惜風在大理石地板上走著，望著教堂裡的裝飾，看著驚人的馬賽克拼畫，華麗得令人目不暇給，真不愧是世界第一大教堂。

只是這裡依然不是真實世界。

「事情還沒了。」賀瀟焱走到她身邊，「我們還困在這裡。」

「等黃暐唐嗎？」惜風壓低了聲音。

「希望不是。」他只能這樣想，「游智禔還下落不明，小萌！那個彌亞是妖嗎？我還真沒看出來。」

『喵拉彌亞很兇的！超有名的正妹女妖，又稱誘惑者。』小萌在惜風腳邊繞著，『喵她一定鎖定游智禔了，因為他喜歡妳！』

「小萌。」惜風睨了他一眼，少說兩句。

「應該不會傻到為了讓妳喜歡跟妖怪打交道吧？」賀瀟焱聳了聳肩，「如果他這麼做，我會燒了他。」

「瀟焱……」惜風露出無奈的表情。

「你說什麼？等等……我混亂了！」小雪的聲音突然高亢起來，「你開玩笑的吧！」

這陣騷動引起了他們的注意，趕緊踅回來，靠在大理石護欄上的馬西莫神父正在低喃著什麼，一臉悲痛萬分的模樣，小雪則是一臉驚愕莫名！

「怎麼了？」惜風趕緊繞到她身邊。

「他說他認識王伊萍！」小雪緊張的說著，「他之前也去過台灣！一年多前到那邊去，在教會遇見王伊萍，也是個想成為驅魔師的女孩！」

「嗄？」賀濂燚接不上跳躍性的現實。

「克里歐神父不是說他剛從亞洲回來？他去了台灣，在旅館裡每天都遇到她，唸驅魔咒也無效，王伊萍一直對他說，血債血償！」

「血——天哪，馬西莫神父跟她母親的死有關係？」惜風不可思議。

大家不約而同看向摀著腹部的黃暐唐，他皺眉搖頭，不明白啊！

「我也問了，神父說不知道啊！如果王伊萍的行為模式是針對害死她母親的人，只怕他也逃不掉——」小雪撫著頭，她覺得頭爆痛的！

馬西莫神父跟這件事有關？惜風完全不敢相信，按照其他人的模式，她不相信神父會做出惡質的事情！不過依照王伊萍的思維，只要任何「疑似」拖延到時間的人，不論有心無心，全部通殺。

不該是這樣的……惜風看著坐在地上的黃暐唐跟馬西莫神父，這裡還有兩個人……也就是總共八個人！

『喵——』小萌的叫聲突然變得激烈，賀濡焱立刻衝到馬西莫神父身邊灑出水，一團青霧瞬間被擋下！

王伊萍接著現身，已經不像個人了。

她駝著背，嘴唇已經不見，成了血盆大口，裡頭根根尖牙還暴凸，殘餘的眼轉成全紅色，腦殼依然只有一半，頸部以上被小雪的鐵球符咒燒灼過，塊塊焦黑，手上長出了疣，指甲變得非常長。

「邪靈！」馬西莫神父激動的舉起十字架上前，再度焦急的唸出驅魔咒。

「別唸了，對她沒用！」賀濡焱低吼著，在梵諦岡的腳下絕對借不到業火，他現在腦袋一片空白，還不知道該怎麼徹底解決這傢伙！

王伊萍化為霧氣又打算移動到馬西莫神父身邊，逼得賀濡焱拿殘餘的水在周遭畫出一個圈，形成結界，再拿出數張符紙往空中撒去，符紙立刻追蹤到王伊萍，逼她現形！

「小雪！拿鐵球繼續砸！我就不信她有多少靈魂可以摧毀！」他也抽出自己的迴旋鏢，先劃上自己的血，接著朝王伊萍扔去。

惜風閃得很快，她跑到黃暐唐身邊護著，小萌不敢輕舉妄動，躲到角落去。

小雪拿著雙鏈球往王伊萍身上砸去，被符紙黏上的她無法再轉為青霧，卻依然是厲鬼，速度飛快，黑刀拿著就想往小雪身上劃，迴旋鏢也因為她的疾速，只是劃過了皮膚。

「喀邁拉！」王伊萍忽然大吼，賀濡焱愣了一下，小雪大聲尖叫望向他身後。

他不知道喀邁拉哪兒來的，只知道背部突然一陣火熱，他滾地將火壓熄，看見的竟是跟真正野獸一樣大的喀邁拉！

「怎麼換大的了！」靠，這跟之前那迷你版差太多了吧！

正統喀邁拉非常巨大，那羊頭開始朝著四周噴火，馬西莫神父有結界擋著還可以撐一會兒，但惜風跟黃暐唐可沒有，小萌立即跳出惜風的臂彎，帶著他們往中間教皇祭壇的方向去。

教皇祭壇位於圓頂下方，樣式有些像中國的涼亭，但是四根大柱是扭曲的圓柱，上蓋則是青銅華蓋，頂端金色十字架反射圓頂投射下來的光，閃閃發亮。

『喵過來！喵——』小萌從旁邊繞，惜風想攙著黃暐唐，他竟咬著牙說自己沒關係，還能跑。

喀邁拉對付賀濡焱，只剩小雪跟王伊萍，小雪的雙鏈球就算傷得王伊萍再重，她也毫不在乎。

畢竟是厲鬼，王伊萍抓到空隙，就一把將小雪踢到旁邊，她立刻撞上大理石暈了過去。

王伊萍毫不猶豫的衝到馬西莫神父面前，『時候到了。』

「我真的……害死了妳母親？」馬西莫神父顫抖著手，望著她。

王伊萍伸手直接侵入賀瀟焱的水結界中，結界腐蝕著她的手，但她還是咬著牙往前伸，直到抓住了馬西莫神父。

『不，是我。』

她痛苦的發出尖叫，使勁的將馬西莫神父身子朝後拋去——甩到了圓頂下方。

馬西莫神父就這麼落在教皇祭壇頂端，胸口穿過上端的十字架，呈大字形躺在頂棚上。

至此，王伊萍的靈魂不僅殘缺不全，也被咒法傷得很徹底，幾乎無法行走，但那雙眼還是瞪向最後一個人：黃暐唐。

賀瀟焱跟喀邁拉纏鬥閃躲著，一路來到王伊萍附近，原本希望利用錯位方式引喀邁拉噴火向王伊萍，結果牠一接近王伊萍竟停止了攻擊。

「可惡！」賀瀟焱不怕火，怕的是喀邁拉的爪、齒跟撞擊。

惜風眼睜睜看著馬西莫神父插在教皇祭壇頂上，心裡覺得難受，小萌催促著他們到一個逝世主教墓前，他的遺體被製成木乃伊放在那兒供人景仰，看來依然神聖！

黃暐唐因為疼痛跪上了地，惜風趕緊攙住他！而王伊萍擎著刀走向他們，模樣顯得很痛苦。

『就剩你了，黃暐唐。』王伊萍的聲音也轉為陰慘，『我不想折磨你，我知道你是個好人……』

「別動。」惜風壓住黃暐唐，他卻反而將她的手拉開。

「不要這樣，我不要任何人再因我受傷。」黃暐唐搖搖頭，吃力的撫著肚子站起來。「我知道為時已晚，但是……對不起。」

他誠懇的對著王伊萍一鞠躬，她望著他，眼淚不停滾落，持刀的手難得的遲疑與顫抖，最終還是咬著牙，對準他的頸部刺去——若不是有人撲上去緊抱住他的話，刀子就刺進去了。

惜風不顧一切的衝上去，因為那把刀子不會傷到她！

「妳也不忍對吧！妳知道他不是故意的，妳記得他為了救妳媽媽，救護車開得有多快！」惜風難過的喊著，「妳明明知道他罪不致死的！」

『大家都得死，沒有一個能例外！』王伊萍忿忿的瞪著她，『妳別以為我殺不了妳，黃暐唐死後就是妳了，把妳殺了我就可以代替妳！』

王伊萍將彎刀換到左手，改從左方刺入黃暐唐。

可是，無數雙手突然擋住她的刀勢，這教堂裡的靈魂，甚至是女神們紛紛包圍住黃暐唐，他們團團層層的護住他，還有許多死靈也從地底下冒了出來。

『他努力救過我們……』

『放過他吧，讓他救更多人贖罪吧……』

那些……是黃暐唐曾經救過的人嗎？雖然沒有活下來，卻惦記著他。

王伊萍踉蹌了兩步，不發一語，喀邁拉在她身後晃著獅尾，這一段時間都沒有人說話，教堂裡依然肅靜。

只聽見馬西莫神父的血從祭壇上啪噠啪噠落下。

還有某人的腳步聲……游智禔悄悄繞過距離危急現場很遠的柱子，偷偷拉著小雪的手臂拖到角落去。

「小雪。」游智禔輕輕拍著她的臉，小雪緩緩睜開眼。

「我痛死了……」她有氣無力，才開口就被摀住嘴巴。

「那邊現在是怎樣？我好不容易才繞出來的！」游智禔指了指十點鐘方向。

啊！小雪倒抽一口氣趕緊坐起，透過一堆柱子往那兒瞧，好像是僵持狀況啊！她再往中心祭壇看去，瞧見了馬西莫神父的屍首……

「我看不妙，那個王伊萍還沒罷手……」小雪緊皺起眉，「有許可根本誰都沒辦法！」

「賀瀟焱不是很強嗎？難道不能殺掉她？」

「地獄的業火當然可以，問題這裡是什麼地方，哪個神會借他業火啦！」小雪嘛起了嘴，「土地才能賜予力量，這兒都是神祇，怎麼可能！」

業火？得要土地應允？游智禔也憂心忡忡，誰曉得那厲鬼還要做什麼！

王伊萍血紅的大眼珠轉了轉，改看向了惜風。

『他有太多人庇佑了。』她勾起笑容，『那先殺妳好了！』

什麼？惜風愣了一下，根本措手不及，就見王伊萍不持刀，改以手上的利甲朝惜風襲去！

「火！」賀瀟焱及時把剛剛吸收的妖火釋出，擋住了王伊萍。

他拉走惜風往旁邊跑，喀邁拉卻飛快的衝撞柱子，直接擋到他們面前，斷了他們的路！

『很可惜啊，只有喀邁拉的妖火可以用啊，它會傷害我但燒不死我！』王伊萍說得沒錯，就算她的身子都快成炭了，還是能行動。『沒有力量會支持你！』

支持？不會有人支持他，所以他就沒有辦法使用業火！

惜風被賀瀟焱拉在身後，王伊萍現在全身上下最凌厲的地方大概就是眼神，瞪著惜風充滿殺意，真不知道當死神的寵物是有多誘人，值得這位少女這麼拚命，不惜冒險殺死被死神標記的人。

他可不覺得殺掉惜風後，死神就會比較喜歡這位王伊萍同學……而且她靈魂的變質與戕害太快也太嚴重了，似乎有什麼東西正逐漸影響她而她卻不自知。

惜風忍不住多看了王伊萍左手那柄黑色彎刀，不是刀刃的顏色，而是附著其上的東西，那東西是「活」著的，可以在安安體內鑽動，分開他的皮與肉，衝出來後還能追著刀子而去……

最重要的，它讓安安的「皮」化成了死意。

不是從安安身上掉出來的，而是將皮轉成死意啊，那把刀子不只代表死亡，還能將死亡之物化成結晶嗎？

很妙，那麼……若是刺進王伊萍靈體內呢？惜風暗忖。

喀邁拉在後頭不停噴火，賀濡焱一手吸取一手再往王伊萍面前築出火牆，沾上自己血液的迴旋鏢再次拋出，對準的是王伊萍左手。

迴旋鏢的方向是千變萬化的，所以王伊萍不立刻閃躲，她盯著迴旋鏢方向再做打算，結果竟完全失準，迴旋鏢沒有傷到她，反而從她頭頂飛過。

『哼，連準頭都不夠。』她冷冷笑了起來，『喀邁拉，把惜風叼過來！』

什麼？還有這招？賀濡焱嚇了一跳，旋身跟惜風交換位置，轉了一百八十度，改讓自己面向喀邁拉！

王伊萍雙眸閃過一絲異光，現在……惜風就變成在她面前了啊！

繞過柱子的迴旋鏢此時呈八字形繞了回來，王伊萍正準備趨前，迴旋鏢竟咻的穿過了她的左手腕——嚴格說起來不是穿過，而是切斷了。

但總之就是順利通過，賀濡焱高舉右手準確的接住了迴旋鏢，耳朵也聽見了黑色彎刀的落地聲！

同一時間，他鬆開惜風的手，往前奔向喀邁拉，王伊萍發出憤怒的叫聲，望著被切斷腐蝕的左手腕大吼，惜風則衝向了王伊萍！

賀濡焱朝半空中扔出迴旋鏢，再拉斷手上的短佛珠，朝著喀邁拉咆哮的嘴裡扔去，藉著一旁的小矮檯助跳，目標是那個不斷朝他噴火的白痴山羊頭！真是怪了，明知道對他噴火沒用，這麼辛苦做什麼？

『妳想做什麼！』王伊萍捧著被切斷的左手，瞪向衝過來的惜風咆哮，右手立刻往她擊去！

惜風伸出左手去擋，任龐大的力道與尖銳的指甲掃過手臂，她還是滑向王伊萍腳下，把她的斷手踢走！

「放開惜風！」小雪一邊大喝一邊跑出來，甩著雙鏈球往王伊萍扔過去。

僅存一隻手的王伊萍只能應付一個人，望著迎面飛至的雙鏈球，她當然知道那玩意兒對自己的傷害，所以她應該甩開惜風，擋下那個攻擊。

小雪的如意算盤是這樣打的，但是……王伊萍卻揚起一抹笑，緊扣著惜風，將她拽到自己身邊，讓惜風以肉身去接那雙鏈球！

「不——」小雪大聲哀鳴，她不是要這麼做的！

她不會死！惜風緊閉上雙眼，可是會痛也會毀容吧？

一旁傳來吼叫哀鳴，迴旋鏢割斷了羊頭，那殘餘的火燒上一旁的畫與花，火光沖天；吞下佛珠的獅首痛苦掙扎，身子逐漸龜裂，瘋狂的撞著柱子以減輕體內的痛苦！

賀濂焱手持著隨身攜帶的尖刀，刺進了獅頭裡，翻滾向後，至少先解決一隻。

雖然聽見小雪的喊叫聲，但他無法分神，只聽見咚咚重物落地聲，然後是碰撞聲零零落落！

他趕緊起身往聲音的方向探視，卻什麼也沒瞧見。

不管是剛剛站著的王伊萍，或是惜風……人呢？他瞥了被佛法銷毀中的喀邁拉一眼，這應該已經不足為敵。

「惜風！」前頭有喀邁拉擋路，他得從後頭走，要繞一圈。

惜風睜開雙眼倒在地上，被某個人緊緊抱住，她知道有個人突然撲了過來，及時將她仆倒在地。

鐵球還是砸中了王伊萍，那力道逼得她往後飛了兩三公尺，落在黃暐唐腳邊。

他依然被女神們團團圍住守護著。

「沒事吧？」游智禔的聲音自耳邊傳來，惜風正首，看著近在咫尺的他。

「……謝謝。」她疼得皺起眉，是游智禔……救了她。

小雪滑了過來，又哭又叫的探視惜風，捶著游智禔說他好厲害，差點沒把他捶出內傷來，惜風以手肘撐起身子，第一時間就望向王伊萍！

她以僅存的手擋下了雙鏈球，上頭的尖刺刺穿了她的手，處於極怒狀況下的她，變得更加駭人！

惜風深吸一口氣，先把游智禔推開，爬向近在咫尺的斷手與黑色刀刃——小萌，可以握吧！這柄刀子——

『喵……』小萌的聲音幽幽的在腦子傳來，『喵只有妳可以……』

惜風不假思索的緊握住那柄刀子，立刻跳了起來，主動迎向王伊萍。

游智禔則回首望向奔來的賀濡焱，心裡再掙扎還是決定闔上雙眼，靜下心來，雙膝跪地後抓緊十字架開始專心默禱；小雪見狀連忙踉蹌站起，她當然知道游智禔要幹嘛，他們剛剛商量過的！

原本是計畫兵分兩路，讓游智禔接近主教遺體處，看祈禱能力會不會大些，她則站在原地伺機而動！

是惜風莫名其妙突然跟賀濡焱分開行動，看著王伊萍抓住惜風，她才會主動扔出雙鏈球……只是她沒想到差一點害到惜風！

若不是游智禔速度夠快，惜風就算是不死之身也會痛死！

「賀濡焱！」小雪對著他大吼，「引業火！」

「什麼？」他奔到小雪身邊，「別亂！」

「游智禔向這裡的神明們祈求出借業火！」小雪催促著他，「你試試再說，既然有神靈守護黃暐唐，一定也會回應虔誠的祈禱！」

王伊萍聞言皺眉，她甩不掉雙鏈球，卻還是走向惜風，身上的疣越來越大，背上有股沉重的壓力讓她越來越駝，站不直身子。

她真的在變形，下巴與肚子連在一起，身子變得腫脹，喉間發出的低吼聲像會牽動這個空間，所有十字架都開始劇烈搖晃，彷彿有人扣著它們急欲拔起似的。

她開始可以隔空取物了，變得更不像人，但是力量卻增幅了！

「快點試試看！」小雪急得要命，沒瞧見游智禔多努力的在祈求嗎？

業火……這片充滿宗教的梵諦岡啊，驍勇善戰的羅馬人，請賜予我地獄的業火，遍佈於城內的神祇們，請取地獄的火種，他只需要一點點，請讓他——至少解決掉這個曾玷污聖殿的邪靈吧！

轟！小小的火團冒出賀灝焱指尖，他簡直不敢相信。

低首望著自己的十根手指，火苗很小，在指尖燃燒宛如燭火，但或許是這片土地最大的讓步了！

「請游智禔繼續祈禱！」他趕緊走向王伊萍，借風卻一個箭步上前，示意他別接近，自己卻直接走到王伊萍面前！

擎起刀子，她眼裡沒有畏懼。

『那是……祂給我的東西！』王伊萍忿忿不平的低吼，『把死之刃還給我！』

「它帶來徹底的死亡嗎？」惜風望著那柄刀，上頭的黑氣果然飄渺，對著刀子輕聲說著。「把王伊萍給殺了。」

黑氣大幅晃動，數支十字架已被連根拔起，倏地自四面八方直直飛向惜風！

小雪在後面大喊著，自空中飛過去的十字架又快又急，是要怎麼阻止啊！

惜風則緊握著刀子，蹲下閃過王伊萍第一次搶奪，再冷不防將刀子刺進她的身子裡。

『喵嗚——』小萌的叫聲傳來，竟鏗鏘有力，嚇得小雪頭暈眼花，卻擊得十字架紛紛掉落！

『嗚——』王伊萍碩大的眼看向自己腳上的刀刃，喉間發出痛苦的叫聲。

黑氣進入了她的靈體裡。

她痛得伸手意圖拔出刀子，卻被惜風搶先一步拔出，往旁邊翻滾閃去。

尚未來得及意會，身前一抹影子出現，賀濡焱不知何時已經來到她面前，雙手搭上了她殘缺的靈體。

業火的竄燒是很快的，火苗再小，也能燒盡一切。

眨眼間，那微弱的業火已經完全燒上了王伊萍身體，橘色的火燄熊熊燃燒，惜風急忙退後，趕緊抄過小萌，與小雪一起，順道拖著游智禔往後，退得遠遠的。

游智禔的祈禱未止，專心一意。

賀瀟焱雙手依然擱在王伊萍身上，他正在用自身力量加強業火的焚燒。

王伊萍眼珠子向上瞥了他一眼，竟露出欣慰的笑容。

咦？賀瀟焱瞧見了，他收回雙手往後退了兩步，黑氣侵蝕著王伊萍的身體內部，業火從外部焚燒，她卻在笑？

『哇……嗚啊啊啊——』業火燒灼靈魂是無法想像的痛楚，即使她曾經擁有許可，但現在「許可」在借風手上，她甚至用那把刀刺傷了王伊萍的靈體，再加上業火的焚燒……不管什麼守護力量都不存在，王伊萍遲早都要剉骨揚灰、煙消雲散。

『最後……』她朝著賀瀟焱扔出一朵笑，『最後一個……』

什麼！

賀瀟焱倒抽一口氣，連忙將業火收回，但為時已晚，眼前那扭曲的靈體已經炭化，欣慰滿足的笑容就這麼刻在臉上……下一秒，業火收回了賀瀟焱的體內，但灰燼已開始飄散。

游智禔終於睜開雙眼，看著已經不復在的邪靈，鬆了一口氣。

世界照舊開始崩落，借風慌忙衝上前，直撲進賀瀟焱懷中，碎片陸續落地，所有人被迫低首闔眼，遠遠的似乎聽見了教堂的鐘聲……噹……噹……噹……

砰砰砰！

巨大的敲門聲傳來，惜風抬起頭，大家果然安穩的身處在西斯汀禮拜堂裡，穹頂壁畫鮮豔如昔，擔架散落一邊，安安與鐘祉宵已經不在了，驅魔師全跪坐在地上呈祈禱狀，迷濛的睜眼，看見自己在有壁畫的西斯汀禮拜堂中，也有些困惑。

門外傳來焦躁的聲音，賀灊焱勾起惜風下巴，檢視她有沒有受傷後，面色凝重的往門口方向望去。

「游智禔！游智禔！」門外傳來緊張的呼喚聲，跪到腳麻的游智禔一怔——那是克里歐神父的聲音！

游智禔急忙要站起，卻立刻跌坐下來，雙腳又麻又痛，小雪壓住他，叫他別亂動，她去看一下；小萌滑出惜風懷抱，飛快地往右前方門邊過去，喵喵的叫個不停。

「在這兒別亂動。」賀灊焱往前走去，發現門在沒有鎖的情況下，竟然推不開。「小萌？」

『喵刀子。』小萌用尾巴捲著他的腳。

「刀子……」他回首，惜風怔了怔，緩緩舉起自己右手……她的手裡，果然握著那支黑色彎刀。

緩步上前，她看著小萌皺眉。

『喵劃一下就好！喵劃開結界！』小萌用捲捲的尾巴比向門縫。

「然後呢？這把刀子我該拿它怎麼辦？」惜風煩惱的是這個，光拿著這把刀子，她就有膽戰心驚的感覺。「等等梵諦岡一定會收走。」

『喵收進鞘裡！』

刀鞘？賀瀟焱這才想到王伊萍身上原本有刀鞘的，但是已經燒光光了吧！

「克里歐神父！請等等，不要再敲了！」賀瀟焱用力捶了那扇門一下，一旁的驅魔師看得心驚膽戰。「噢，抱歉，古蹟古蹟。」

「你們沒事吧？沒事吧！」克里歐神父慌張的聲音在另一邊，「我居然在梵諦岡裡迷路，我……」

『喵惜風就是刀鞘。』小萌忽然語出驚人，『喵收進身體裡！』

賀瀟焱梗住話語，瞪著小萌。「妳現在是在說什麼瘋話？」

『喵惜風不怕！喵刀子怕她！』小萌肯定的說著，『喵就像惜風不怕我一樣！』

「我也不怕妳啊！」賀瀟焱擰眉，什麼東西！

『喵不想跟你說話！』小萌別過頭，還搖著屁股囂張的離開。

「惜風，不要聽貓亂說，我不覺得牠的話能盡信。」賀濡焱低聲說著，小萌其實聽得一清二楚。

惜風望著手上的刀子，上頭黑氣幢幢，她只思考了兩秒，冷不防的朝著門縫劃開——然後把刀子往自己左手臂插了進去！

「惜風——」賀濡焱驚恐的大叫卻來不及阻止，但是當他看見惜風毫髮無傷，那刀子像是「穿」過她肌膚時，叫聲就停了。

刀子全數沒入惜風手腕裡，她伸直左臂彎曲、伸直，望著動脈下方，掛上了一個淺淺的笑容。

「感覺如何？」他擔心全寫在臉上，「那刀子有問題，我覺得王伊萍的異變是因為它！」

「在手裡，感覺不到實體的存在，但我卻知道它在那裡。」她右手下意識按住肌膚，「刀子不會那樣對我，它畏懼我……我感覺得到。」

賀濡焱深吸了一口氣，定定的望著惜風，她做的決定他無權干涉，死神給她的力量他不了解也給不起。

「快開門吧你們！」游智禔終於可以站起來了，一跛一跛的朝門口走來。

賀濔焱雙手突地捧起惜風臉龐，就著粉色的唇扎實的吻上。

這讓游智禔停下了腳步，覺得心臟遭受到一陣重擊，遠遠的似乎聽見女人尖笑的嘲弄聲。

「不要做讓我擔心的事。」他泛出溫柔的笑臉，其實一顆心緊揪著。

他恨死那種擔心受怕的感覺！提心吊膽，擔心著一步錯、步步錯……這種如履薄冰的生活，他一刻也不想要！

惜風露出靦腆的神情，眼裡現在只有他，乖巧的點著頭，自然偎進他的胸膛裡。

賀濔焱抱著她，左手趁空拉開門，外頭站了一掛緊張到快抓狂的人們，克里歐神父臉色蒼白的站在最前面……當然，一對小愛侶卡在門口，他們錯愕了幾秒，然後才匆匆進入。

一屋子的人幾乎都歷經了一段如真似幻的歷程，事實上那是真的發生過的事，只是時間暫停、空間異變，但是死者已亡。

兩名驅魔師被畫裡的惡鬼所殺，陳屍在原地，驅魔師們尋找年事已高的馬西莫神父，克里歐神父一直說自己被邪靈遮眼，他明明走向西斯汀禮拜堂，卻無論如何都走不到，等抵達時卻已經進不去了。

受眷顧的黃暐唐安穩的躺在擔架上昏迷不醒，肚子上的傷口依然，而且也包裹著紫色圍帶，瑞士衛隊趕緊將他抬出去送醫；克里歐神父焦急問著馬西莫神父、鐘祉宵及安安呢？游智禔只是難過的搖了搖頭。

他將發生的事說了一遍，小雪一雙眼卻盯著西斯汀禮拜堂深處。

「小雪？」惜風覺得她安靜得過分。

「我覺得那邊有東西。」她手指向用鐵網遮住的地方，那是觀光客止步之處。惜風疑惑的走近，那兒沒有點燈，有些漆黑，什麼也看不見，加上鐵網架擋路，她不懂為什麼小雪會覺得那兒有東西。

「有什麼動靜嗎？」她瞇起眼，看不見妖或是惡鬼……

「我們一回來這裡時，小萌是從那邊出來的！」她偷偷看了停在賀濔焱肩上、打呵欠的小萌一眼。「舔著嘴巴，一副吃得很滿足的樣子。」

「對不起！」惜風立即回身，「請查看一下那裡面好嗎？可能有東西！」

小萌很滿足的樣子？不是哈耳庇厄就是喀邁拉，牠們被吃掉了嗎？嘖！這其實說得過去，不管是什麼，畢竟都還是在西斯汀禮拜堂的範圍內。

游智禔聽見了惜風的呼喚，疑惑的望著她，她只是給予肯定的眼神。

所以他跟克里歐神父說了，看不見的地方也請查明。

克里歐神父一個頭兩個大，受驚嚇的神父們陸續被請出，也包括惜風一行人，賀濡焱一直沉默，若有所思。

瑞士衛隊突然低語，小雪說怪的地方起了騷動，他們很低調，但還是看得出來有問題。

克里歐神父上前後是一陣驚呼，接著便是發出難受的禱告聲！游智禔也一道被請走，他皺著眉很想過去，卻仍然被瑞士衛隊要求立刻離開，而且是火速離開。

他們很快地被請出西斯汀禮拜堂，大門立即關上。

後來他們知道，原來那兒找到了沒有皮膚的安安以及胸口有個窟窿的馬西莫神父，而鐘祉宵？依然不見蹤影。

「怎麼了？你一直在想事情。」惜風主動勾上賀濡焱手臂，憂心的問。

「王伊萍在灰飛煙滅前，是笑著的。」他幽幽的望向她，「她說，最後一個。」

最後一個？惜風緩緩瞠大雙眸，她自己是最後一個？

難道說，她也害死了自己的母親？

※　※　※

「好渴……我真的……」

鐘祉宵趴在地上，一寸寸往前爬行，不知道自己爬了多久，只知道十指指尖都在流血，手肘跟腳都已經磨破了皮，沙塵漫天，地面已成沙丘，他前方還有好幾輛車，擋住他的去向。

輪椅推不到，他就用爬的。

他快渴死了……鐘祉宵虛弱的躺在沙子裡，好痛苦好痛苦，為什麼這些車子要擋在這裡？為什麼！

他瞳孔逐漸放大，沒了氣息。

他沒有空檢視自己，他的雙腿早已磨到見骨，被狼咬去的傷口肉腐生蛆，手肘的骨頭都已磨損，皮肉在一路上的沙礫中削去，只是因為瀕臨死亡，他失去了知覺。

一陣大風颳至，沙子漫天飛揚，倏地全數退去，鐘祉宵血肉模糊的大腿與手肘漸而生肉，腐爛的傷口也恢復原狀，蛆蟲全數消失，大道恢復成平時的模樣，不再是塵土高堆的沙漠——喝！鐘祉宵倒抽了一口氣，睜大雙眼望著眼前的車子。

「好渴！幹！我好渴！」他覺得乾到快瘋了，「水……水……走開啊！你們擋住我了！」

他開始努力爬行，地上尖銳的石礫割傷了他的皮膚，好痛、幹！他傷口也好痛，可是他快渴死了，一定得快點喝到水！

招牌就在前方，他一定很快就可以爬到的，很快……

很快……永恆的很快。

第十二章

相信

這天早上惜風起得很晚很晚，前一天實在疲憊不堪，梵諦岡直接送他們回到貝尼尼飯店，還招待他們飯店裡的晚餐；但大家只是隨便吃吃，就累得想回房休息，黃暐唐人還在醫院裡，至於其他人也沒有機會辦退房手續了。

小雪原本大方的要把房間讓給賀灦焱，卻被他拒絕，他說有事要聯絡，怕會吵了惜風，小雪還抱怨大好機會何必錯過，結果招來游智禔無數白眼。

一路睡到近中午大家才起床，門縫下塞了兩張紙條，一張是游智禔留的，他一早就被請到梵諦岡去了，稍晚手機聯絡；另一張是賀灦焱，他說有事出去繞繞，不用擔心。

惜風搖搖小雪叫她起床，兩人做了簡單的梳洗，將行李整理妥當後，便託給飯店的人員，梵諦岡說會來接送；克里歐神父幫他們做了最好的安排，雖然嚴格說起來他們是麻煩製造者，也無法讓驅魔師成功驅魔，但梵諦岡還是對她很好。

原因很悲哀的，是因為她是「塔納托斯」的人。

賀灦焱中午時已經回到旅館，看得出來他前夜並沒有怎麼睡，還有些倦態；他坐在火紅的舒適沙發上，朝著她伸出手。

她露出甜美的笑顏，也伸長了手走過去，隨之被緊緊握住。

「一早出去忙什麼了？」她不知道自己說話的態度像個小女生。

「請人幫我查王伊萍的事。」

小雪知道自己應該保持距離，當個五燭光的電燈泡就好，但是一聽見他們像是在談事情就忍不住湊近。

「事情的來龍去脈嗎？」提到那少女，惜風為她難過。

「嗯，我對她跟死神間的關係有點好奇，所以我讓人去查了一遍……」他瞥向門口的神父們，「梵諦岡也請台灣地區的人了解了。」

「然後呢？」五燭光的電燈泡發問了，小萌正被她抱在懷裡舒服的呢！

「唉，一切都是每個人覺得微不足道的事，每個由小螺絲組成的事件。」賀濡焱不由得欷歔，「登上新聞的只有兩件事，一個是鐘祉宵、一個是曾郁芳。」

事件發生在一年兩個月前，五點十五分左右，放學與下班人潮同時湧現，捷運站裡人潮眾多，擠得水洩不通；列車進站，地板上紅燈亮起，一個女人淌著淚水，望著一大片人群，就是沒有她想等的人。

他以為她是說假的嗎？曾郁芳勾起輕蔑的笑容，看著捷運列車自隧道逼近，她闔上雙眼縱身一跳——捷運煞車不及，撞出一大片血肉模糊，抹在擋風玻璃上，駕駛驚嚇的煞住車子，捷運站裡的尖叫聲此起彼落。

靠近月台的學生們癱軟身子動彈不得，他們臉上身上全是血，目擊者個個說不出話來，騷動四起，警察、救護人員陸續趕到；曾郁芳的屍身被輾得四分五裂，從車輪下分批拉出，被輪子卡住的部分也撕扯而下，肉塊內臟飛濺得到處都是，捷運人員開始疏散該班列車人潮，全線停駛。

王伊萍的父親是搭捷運返家的其中一位乘客，他應該要搭上那班捷運，依照正常時間返家才是；緊接著他攔下計程車，卻被劉裕堅硬搶車而去，從捷運裡湧出的許多人都打算攔車，王伊萍的父親被搶走那班小黃後就再難攔車，因此最後只能搭公車回去。

其他的事大家都知道，王伊萍的母親倒地，回到家的王伊萍打一一九叫救護車，黃暐唐因為跟女友吵架延遲了四十秒、來到巷口又被陳姵伃的車子卡住、安安賭氣說要上廁所，好不容易載上了病患又遇到鐘祉甯的刻意阻擋。

所以王伊萍把母親的死歸咎於所有妨礙救護者。

「對，但是……」小雪從口袋中拿出她的筆記本，「第一個是誰呢？」

「邋遢大叔。」惜風坐在沙發的扶手邊，「妳記得嗎？去年我們一起打工的律師事務所，曾發生過一起自殺跳樓案？」

「咦？」小雪瞪大雙眼，她怎麼可能不記得？跟惜風就是在那兒認識的，她記得邋遢大叔自殺那天還跟她們一塊兒坐電梯，惜風在電梯裡說：他露出死相了！嚇死人！

沒半個小時後邋遢大叔真的跳樓自殺，整間律師事務所都怕死惜風了！

不過，時間會改變一切，一年前小雪覺得惜風是個超怪咖，一年後惜風覺得小雪才是怪咖。

「邋遢大叔？」賀灊焱並不知道這件事。

「嗯，那個人當時跟我們在同棟樓工作，總是邋邋遢遢的，後來跳樓自殺。」惜風不由得疑惑，「這麼說來邋遢大叔的自殺不是自願的嗎？可是為什麼王伊萍的報復隔了一年多？」

「跳樓？」賀灊焱立刻拿出手機，調出一張照片。「認得這上面的人嗎？」

台灣傳給他的，王伊萍的全家福照片。

王伊萍甜美怡人，母親溫婉秀麗，一旁的爸爸笑得很燦爛，看上去雖然乾淨整齊，但是惜風跟小雪一眼就看出來他就是那個邋遢大叔！

「咦！是大叔？！」

「果然，他就是邋遢大叔啊……他是跳樓自殺的，雖然沒有遺書，但是警方以此結案！他在妻子身故後就一蹶不振，也多次自責自己沒有早點回家。」賀灊焱嘆了口氣，人很容易從快樂的情緒抽離，卻難以從悲傷的感覺中恢復。

「可是……王伊萍當時呢？她已經死了嗎？」惜風覺得不可思議，「她殺掉自己的父親？又口口聲聲說家庭被破壞？」

「不，王伊萍那時還活著，警方記得叫她去認父親屍體時，她哭得很慘。」賀瀟焱望著相機裡一臉幸福的少女，那個笑容跟昨晚被燒盡前一模一樣……滿足而欣慰。「我想，她可能早就跟死神接觸了。」

一年多前，王伊萍跟死神接觸了。

為什麼！這是怎麼辦到的？死神為什麼要跟這樣的少女接觸，給她死之刃，讓她進行復仇？

「王伊萍在父親跳樓後就休學了，一直都沒有消息，我正託人打探。」他沉吟著，又陷入思考。

「那馬西莫神父為什麼也是目標？雷歐內神父呢？」小雪一一看著表上的順序。

「雷歐內神父的部分我查不到，但如果要講，我覺得是彌亞……拉彌亞。」他又調出另一張照片，「她消失了，不過事後回想起來，我們被困在梵諦岡博物館時，她故意尖叫、故意讓大家離開走廊、故意誘使大家分散，那妖孽俗稱誘惑者，說不定是為了讓大家在害怕之際，再挑各人的弱點談條件！」

「那馬西莫神父呢？」這是最令人匪夷所思的人，惜風至今仍不肯相信神父跟王伊萍母親的死會有關聯。

「馬西莫神父……這關聯很驚人。」

他把手機遞上前，惜風一看便瞠目結舌，小雪趕緊接過去察看，照片裡是一個穿著高中制服的少女，跟馬西莫神父合照的照片！

「他們果然認識？」

「事發當天，她應該是四點下課，但她之前開始接觸宗教，知道梵諦岡的驅魔師人在台灣，所以她跟著同學一起去了！卻騙母親說要留校考試。」賀濴焱淡淡說著，「母親倒下的時間估計是四點半到五點間，而王伊萍晚了一小時回家。」

咦？惜風震驚的看著照片裡那個滿臉崇拜的少女，她——責怪她自己！

她突然想到昨夜終戰時，王伊萍趨緩的動作，刻意攻擊她卻根本沒有痛下殺手，提醒游智禔可以利用祈求的方式商借業火、面對著她搶走死刃卻沒有積極的奪回——她是故意的！

她根本一心求死！她要讓賀濴焱燒掉她！

獲得許可的她幾乎是無敵的，連神祇都不能干預，唯有奪走她的許可，再以冥府地獄的業火燒盡她……因此她笑著對賀瀮焱說：最後一個！

她一開始就抱定了徹底的報復，包括責怪她自己！

「那女生……」惜風忍不住滲出了淚水，「她怎麼能這樣責怪自己！」

「所以她也把錯推到馬西莫神父身上嗎？因為他的到來讓她晚回家？」小雪還是不能接受這種偏執的想法。

「事實上，人的思想總是容易偏執的。」

熟悉的國語傳來，一個微笑的神父走近，他自我介紹叫盧卡斯神父，今天由他負責接待，東方面孔，一看就知道是刻意安排台灣人士。

「您好。」小雪大方的伸手打招呼。

「各位好。」盧卡斯神父無奈的搖了搖頭，「關於馬西莫神父的事，我也記得王伊萍，當時我跟他一起在台灣，那時神父就說過她擁有很好的資質，說不定可以成為亞洲區的驅魔師！當時王伊萍對神學也非常有興趣，所以神父鼓勵她朝神學的方向走，也教她如何用祈禱的方式讓母親身體變好。」

這部分惜風不明白，她覺得生病應該要看醫生。

「所以王伊萍認為馬西莫神父是說假的吧！因為她媽媽還是死了，加上因為她跑去找他，晚回家而沒有及時救到母親……」小雪突然能夠理解了，「我看也是資質好，才會跟死神搭上線吧！」

「塔納托斯嗎？」提到這個，盧卡斯神父就有點凝重。「為什麼塔納托斯會選擇跟人類親近呢？」

「請不要用那個讓我反胃的用詞。」親近？惜風厭惡的別過頭。「祂只是在掌控我的人生，把我當寵物耍弄而已。」

盧卡斯神父微笑不語，他感受得到這兒的敵意與怒火，不便多語。

塔納托斯無論如何就是死亡之神，依然是神祇，他們不可能不敬。

「要不要出發了？是傍晚的班機，但游先生人在梵諦岡，得先去接他會合。」盧卡斯神父轉移話題，輕而易舉。

「我不想再進梵諦岡了，我想去許願池跟萬神殿——真正的。」惜風想認真的去許個願望。

「好的。」盧卡斯神父頷首，旋身而去。

他們訂的是今天傍晚的班機，要直接前往萬神之都——希臘。

這是梵諦岡給她的建議，希臘才是眾神所在，就算是塔納托斯，也只是冥府一分子，她可以試著尋找冥府之神黑帝斯的幫助。

只是以區區人類之姿，要如何找到眾神就是件棘手之事了。

他們搭著梵諦岡的車前往萬神殿，觀光客依舊絡繹不絕，惜風重新站在圓頂下方，接受陽光的洗禮；環顧四周，那壁龕裡的神祇依舊，只是祂們不會動也不會說話。

「有件事我覺得真怪耶！」小雪一邊拍照一邊咕噥，「為什麼我們在羅馬，賀濡焱用佛珠符水還會有用？」

「嗯？」賀濡焱皺眉，她是在問什麼？

「你們記得嗎？游智禔祈禱有用、十字架絆住喀邁拉有用，照理說這裡是西方宗教的聖地，所以十字架、驅魔文或是聖水都應該有作用！」她不解的歪了頭，「但是，黃先生受傷的時候……」

「啊……聖水無用。」惜風也知道小雪的意思了，「後來你是用符水跟咒語把黑氣趕走的嗎？」

「嗯……的確。」事情發生得太多，黃暐唐沒事就算了，他沒有留意這麼多。「大概是我的靈力跟符搭配得宜！」

「聖水也是你倒的好嗎？」惜風沒好氣的說著。

「要我來說，關鍵應該是在信仰。」以他的職業而言便是如此解釋，「陳姵伃的信仰原本就是天主教，但是黃暐唐手上有兩圈佛珠，游智禔的祈禱會有用也是因為他的虔誠——相信，就是一種力量。」

「……所以當你試圖把黑氣驅離時，說不定黃暐唐內心正喊著玄天上帝。」惜風失聲而笑，「幸好這次東、西方宗教都派上用場！」

「虔誠才有用！」他也笑了起來，「看看游智禔，沒有靈力的人，卻能商借到業火，這比我強太多了！」

專心一志的祈禱，誠懇的祈求，連羅馬的神祇都願意幫他呢！

「他的心意很堅定的！」小雪湊近他們兩人之間，話中有話！

惜風轉過去瞥了她一眼，吃吃笑著。「別亂說。」

「妳明知道我說的是真的，他很執著。」她努了努嘴，「還在他面前曬恩愛。」

「我沒有對不起他。」她也有自己的堅持，不能因為游智禔喜歡她，她就必須為他做些什麼……或是不做些什麼。

人生很短，尤其是她的人生，她不會浪費時間在不必要的人事物上。

走出萬神殿，賀灝焱的手機震動，他拿起來說了一會兒，表情越來越嚴肅，頻頻點頭後掛電話，接著就是等待照片的傳輸。

「找到王伊萍了。」他說著，連盧卡斯神父都豎耳傾聽。

「她已經死了。」這點大家都知道，「遺體在自己房間，坐在西方魔法陣裡自殺。」

「自殺？」那少女為此自殺嗎？

照片傳來，賀灝焱趕緊打開，裡頭是第一時間傳來的屍體照片，在這兒沒有人害怕看到噁爛的屍首，反正多難看的都見過。

但是王伊萍卻有如活著般，倒在圓形陣列裡，穿著照片裡的綠色洋裝，曲著雙膝像在睡覺似的安詳，手腕有乾涸的傷口，是割腕自殺。

「這個陣我不認識……」賀灝焱擰著眉，不是東方的陣法，所以他看向盧卡斯神父。

「請傳給我。」盧卡斯神父也拿出手機，進行藍牙傳輸。「我乍看也不明白，加上屍體擋著，無法立即判定。」

「不是詛咒就是召喚，要我猜，我會猜召喚。」賀灝焱瞥了惜風一眼，「遺書的日期是半年前。」

「半年前？」惜風睜圓了眼，「她半年前就自殺了？」

可是剛剛那張照片裡的王伊萍……屍身完整不見腐爛，看起來就像睡著一般啊！

「這要等驗屍才知道，但遺書的日期是半年前，管理員也說好一陣子沒見過她，屋內除了她的房間外，都已經灰塵滿佈，蜘蛛網結得到處都是。」

半年……惜風跟小雪互看了一眼，跟陳姵伃的說法不謀而合，半年前開始，家裡就出現雜音，也常看見青霧鬼現身。

「你說的召喚……是指她召喚死神嗎？」惜風幽幽仰首，問著賀瀠焱。

她需要一個王伊萍跟死神認識的原因。

也好想知道為什麼王伊萍知道她、知道寵物的情況，又是什麼原因讓她覺得當寵物很好？

她怎麼想，都覺得王伊萍不只跟死神有接觸，他們勢必也有交談！

就像死神跟她相處時一樣，說話、交談……或說是洗腦與說謊！

祂給了王伊萍怎麼樣的想法？大方的給她死之刃？讓她去報仇，讓她覺得當寵物很好，可惜已經被一個叫范惜風的佔了？

可是王伊萍已經不在了，她最後一心求死，與之前對她的攻擊完全矛盾，只是這也無人可問了，王伊萍在想什麼？死神跟她之間的接觸是什麼？全部不得而知。

「小萌，死神可以有幾個寵物？」惜風問著背包裡的藍貓。

『喵很多個！看個人喜好！』小萌的聲音悶悶傳來，『喵妳那個一次只喜歡養一個。』

「祂要特定的是嗎？」她沒有忘記，地獄門裡灰斗篷說過的話。

『喵。』小萌只是叫著，代表牠不知道或是不想回答。

賀灝焱盯著背包，開始對小萌起了疑心，這隻藍貓這一次羅馬行大部分時間都不在，一說因為她不能阻礙死神的許可行動，又說拉彌亞在妨礙她……

他突然想起，為什麼他們當初會這麼信任俄羅斯死神給的東西呢？誰曉得是不是一種陷阱？

賀灝焱決意從現在起，對小萌持保留態度。

許願池這兒簡直是人山人海，小雪想拍一張淨空照都很困難，人擠得水洩不通，惜風拿了一枚硬幣，靠近池邊；許願的方式很簡單，必須背對許願池，右手拿硬幣越過左肩拋入池中。

她想許的願大家都知道，三人一人一枚，跨過左肩，咚的扔進了池子裡。

仰頭看著中間威武的海神，一旁優美的四季女神，惜風雙手合十，感謝祂們沒有把硬幣還給她。

「時間差不多了。」賀瀟焱瞇起眼看著階梯上方正在招手的盧卡斯神父。

「希臘是我最後的希望了，如果連冥府都無法處理這件事，我就認了。」惜風緩緩睜眼，平靜得無以復加。

「別這麼快失望，我也在找尋可行之道。」賀瀟焱食指滑過她的臉龐，她看起來很心碎。

「如果……最終是無能為力呢？」她看向了他，「你可以為我做一件事嗎？」

賀瀟焱擰起眉，似乎已經知道她想說什麼。

「請你用業火燒了我。」

連靈魂都不存在的話，她就不必擔心被死神掌控生生世世，不必煩惱被帶走後會過著什麼樣的生活與日子，毋須恐懼毋須煩憂。

在無法控制自己人生的前提下，這是最好的做法。

就算剉骨揚灰，也不能讓死神控制！

「惜風！妳在說什麼啦！」小雪第一個抱怨，怎麼能這樣想呢？

惜風只是定定的望著賀瀟焱，等不及的盧卡斯神父擠開人群，走下階梯，來到他們身邊。「我們真的該走了。」

賀灝焱淡淡的瞥了她一眼，逕自跟著神父往前走，她眉頭深鎖的追上前去，伸手扣住他的大掌，他卻只是緊緊握著，不發一語。

惜風好想要一個答案，那是能使她真正安心的答案啊！

盧卡斯神父拉開車門請他們上車，女士優先，小雪第一個進入車裡，惜風咬著唇心有怨氣的望著賀灝焱，他依然不說話，惱得她只得彎身入車。

關上車門那一剎那，他托著腮望向窗外。

「我不會犯重複的錯誤。」

惜風瞪大雙眼倒抽一口氣——他拒絕了！他該死的怎麼能拒絕燒死她？

那明明不是錯誤！十餘年前不是，現在也不是！

這樣深切的自責，跟王伊萍有什麼兩樣呢？

「喂，我說……我們是不是還忘了一件重要的事啊？」最右邊的小雪，仍舊提出狀況外的疑問。

惜風才準備氣急敗壞的說服賀灝焱，咬著唇回頭瞪向她，她又天外飛來什麼玩意兒了？

「那個拉彌亞呢？」

尾聲

游智禔跟克里歐神父擁抱道別，神父說驅魔師覺得他具有資質，可以試著成為驅魔師，他虛心回應，無論如何也得等他念完神學院再說。

克里歐神父對於有人難得引薦游智禔到梵諦岡，卻無法成功的驅走邪靈，感到萬分遺憾；可是有塔納托斯的妨礙，絕非驅魔師就可以解決。

至少黃暐唐是活下來了，他不僅深受女神眷顧，也是因為長久以來行善助人，讓亡魂們都願意保護他。

短短四十秒……或是二十秒，不能認定他害死了王伊萍的母親。

其實她也知道，所以在最後時刻，她沒有堅持瘋狂的下手。

王伊萍在復仇的點上其實很嚴謹，她盡力不傷害額外的人，死亡的驅魔師算是礙事及被惡鬼所殺，她對惜風的追殺則讓人不解，至於雷歐內神父……游智禔沉下雙眼，他知道，那與王伊萍無關。

游智禔婉拒了克里歐神父的送行，他只是個普通人，立志要想當神父罷了，不需要勞師動眾；行李已在外頭，惜風等人的車也快來了，梵諦岡肯接送他們已令人感念在心。

隻身走在梵諦岡中，游智禔想起慘死的雷歐內神父就覺得難受，純粹只是因為拉彌亞想要取代他而使的招數。

他。

「小禔～」女子柔媚的聲音傳來，在左手的廊道上。

游智禔止了步，他緊張的往左方看去，金髮女子探出一顆頭來，帶著漂亮的臉孔望著他。

他閉上雙眼別開頭，一點都不希望再看見她的模樣。

「怎麼這麼冷淡！來！」拉彌亞招著手，「該不會忘記我們曾經說過悄悄話了吧？」

悄悄話……游智禔雙拳緊握，他至今都後悔那件事！

那天追惜風出去時迷了路，拉彌亞就這麼突然現身，她在他耳邊說了一堆話語，說她明白他有多喜歡惜風，也知道惜風的心屬於賀瀠焱，那個看起來既好看能力又高的男生。

為什麼這麼不公平？那個男生彷彿什麼都會，可以保護惜風，他呢？好不容易透過宗教為她尋求方法，最後除了祈禱外什麼都不會。

拉彌亞說，她可以幫助他，因為她也是被拋棄的人，了解那種戀愛的苦痛……只要他也願意幫她，她可以讓惜風的心歸到他身上。

拉彌亞非常非常漂亮，有著迷人的臉龐，說起話來柔膩，聽進耳裡很舒服，似乎讓他鬼迷了心竅，竟答應了她的條件。

但條件是什麼，拉彌亞卻未提起。

拉彌亞挑了個沒人會經過的小廳，游智禔還是戰戰兢兢的左顧右盼。

「要去希臘了？」她又赤裸上身，金髮遮著身子，下半身僅用黑布隨意裹著，性感妖豔非常。

「嗯。」游智禔面對她總是不太自在，一雙眼睛不知道該放到哪邊去。

「我一定會讓惜風喜歡上你的，你放心吧……」拉彌亞勾住他的頸子，游智禔立即滿臉通紅。「可是，你得給我一點好處。」

「妳要什麼？」游智禔覺得自己好像在跟惡魔交易一般，在梵諦岡跟惡魔交易……

「你覺得拉彌亞想要什麼？」拉彌亞湊近了游智禔耳畔，「我要孩子。」

孩子？游智禔瞪圓雙眼，什、什、什麼叫想要孩子！

「我要吃新鮮的嬰孩，你準備兩隻來吧！」拉彌亞漂亮的臉龐扭曲，舔著嘴邊。「鮮嫩可口的嬰兒啊……」

是啊……拉彌亞要孩子！

拉彌亞是半人半蛇的怪物，曾是宙斯的情婦，卻被天后赫拉嫉妒，赫拉把拉彌亞的孩子全都殺光，又將悲慟的拉彌亞施咒成半人半蛇的怪物……失去孩子的母親因此瘋狂，不能克制的開始殘殺及吞食孩童，當作對天后的報復！

拉彌亞一直以來都代表著女性犯罪者及誘惑者，還有以獵殺嬰孩為主的殘暴妖怪！

游智禔恐懼得全身不住顫抖，她是誘惑者，以惜風來誘惑他……現在又想要吃嬰兒，他怎麼可能做這種事！

「妳一開始就是為了要誘惑我們嗎？我不可能幫妳的！」游智禔憤而搖頭，緩步往後退著。「我絕不可能幫妳的！我也不需要妳幫忙，我會努力保護她……」

拉彌亞冷冷望著他，她當然是算好的，要誘惑人類太容易了，對於惜風給予脫離塔納托斯的誘因、對於那三個被邪靈鎖定的人類給予脫困的誘惑、對於愛戀滿滿的游智禔給予愛情的誘惑……

至於那個靈力上乘的男生她不想碰，而另外一個女生欲望不深，唯一搜尋得到的誘惑是需要刺激的旅行！

所以她最後鎖定令人瘋狂又會失去理智的愛情啊，游智禔單戀如此深刻，加上又有情敵，還有什麼比這更輕易誘惑？

游智禔旋身就往外奔，拉彌亞瞇起雙眼，倏地被黑布包著的下半身轉眼成巨蛇，強而有力的向前捲去，將游智禔捲起來後，朝著更裡端的牆壁扔了過去！

「你敢拒絕我！」拉彌亞漂亮的臉龐轉為森冷，迤迤蛇行至游智禔面前。「我兩天之內就要生鮮的嬰孩，不管你答應不答應！」

游智禔癱倒在地，拉彌亞以尾巴再捲住他，逼他站起。

「嗯？」拉彌亞愣了一下，她看著自己的蛇尾，竟然、竟然在風化！「什麼……不不！哇啊！」

風化的速度急遽，原本強勁的尾巴已成灰礫般隨風飄散，拉彌亞驚恐的尖叫著，風化範圍越擴越大，她引以為傲的漂亮肌膚也開始變質。

「為什麼！不！你是、你是——」

昏迷闔眼的游智禔倏地睜開雙眼。

他望著拉彌亞的眼神冰冷異常，嘴角挑起的是殘虐的笑容，看著她痛苦的扭曲在地，試圖爬行離開這裡時，笑意更深了。

「哇啊——哇——」拉彌亞雪白的肌膚成了灰黑色，突然間動也不動，靈活的雙眼失去了活力。

游智禔傲然走到她身邊，抬起腳，用力踩爛徒剩灰燼的軀殼！最後的慘叫聲響起，黑灰四散，但在觸及地面牆面時消失得無影無蹤。

他睥睨般的瞪著消失的拉彌亞，揚起冷絕的笑容。

游智禔以倨傲之姿朝前走去，只是數步之遙，突然又停了住。

「咦？」他困惑的左顧右盼，「怪了，我怎麼走到這裡來了？」

他遲疑了兩秒，趕緊往前跑向主要出口，腦子裡有些渾沌，總覺得好像忘記了什麼重要的事。

他奔過華麗的長廊，經過一幅特別的畫。

畫裡，一具骷髏蓄有一頭金髮，曲著右手臂枕在岩石邊，下半身是彎曲的蛇骨，黑布落在一旁，看似淒楚的托腮，望著某個方向，

須臾數秒後，骷髏碎成細粉，畫上最終留了白。

喵……

異遊鬼簿II

驅魔師

等菁 作品 48

作者 等菁
封面繪圖 Fori
美術設計 三石設計
總編輯 莊宜勳
主編 鍾靈
編輯 黃郁潔

出版者 春天出版國際文化有限公司
地址 台北市忠孝東路四段303號4樓之1
電話 02-7733-4070
傳真 02-7733-4069
E-mail frank.spring@msa.hinet.net
網址 http://www.bookspring.com.tw
部落格 http://blog.pixnet.net/bookspring
郵政帳號 19705538
戶名 春天出版國際文化有限公司
法律顧問 蕭顯忠律師事務所
出版日期 二〇二三年二月初版
定價 335元

總經銷 植德圖書事業有限公司
地址 新北市新店區中興路二段196號8樓
電話 02-8919-3186
傳真 02-8914-5524

國家圖書館出版品預行編目資料

異遊鬼簿II：驅魔師 / 等菁作 --初版 --臺北市：
春天出版國際, 2023.02
面； 公分
ISBN 978-957-741-634-6 (平裝)

863.57 111020949

ISBN 978-957-741-634-6
Printed in Taiwan